中国散文60强

极夜行路人

筱 敏 / 著

北京联合出版公司
Beijing United Publishing Co.,Ltd.

图书在版编目（CIP）数据

极夜行路人 / 筱敏著. -- 北京 : 北京联合出版公司, 2024. 8. -- (中国散文60强). -- ISBN 978-7-5596-7833-1

Ⅰ. I267

中国国家版本馆CIP数据核字第2024DU3150号

极夜行路人

作　　者：筱　敏
出 品 人：赵红仕
出版监制：张晓冬
责任编辑：徐　樟
特约编辑：和庚方　张　颖
封面设计：立丰天

北京联合出版公司出版
（北京市西城区德外大街83号楼9层　100088）
三河市同力彩印有限公司印刷　　新华书店经销
字数150千字　650毫米×920毫米　1/16　14印张
2024年8月第1版　2024年8月第1次印刷
ISBN 978-7-5596-7833-1
定价：65.00元

“中国散文60强”丛书

编委会

中华散文的文脉与发展

——“中国散文60强”总序

邱华栋

中国是诗的国度，亦是散文的国度。

穿越千年时空，从明清至唐宋，再由魏晋南北朝至两汉先秦一路回溯，汉语言文学中的散文实乃根深叶茂，硕果累累。无论是“唐宋八大家”之雄文美文，还是骈俪多姿的辞赋，以及名垂史册的《史记》《左传》，均为中国文学史上的璀璨明珠。“散文”与“诗”一道，成为中国文学的“嫡系”。尽管，后来从西方引进嫁接技术所催生的“小说”，大有“喧宾夺主”之势，终究还得“认祖归宗”，血脉和基因是无法改变的。

在中国散文流变历程中，曾出现过两次鼎盛期。一次是被文学史家所公认的“先秦散文”时期。其时，伴随着春秋时期的思想解放，诸子蜂起，百家争鸣，一大批散文家以饱满的气血、驳杂的学识和破茧的精神，创造出了散文的繁荣和辉煌局面，对后世产生了极大的影响。

到了“五四”时期，中国散文迎来了第二次鼎盛期。白话文如劲风激浪，吹刮和涤荡着神州大地。沉睡的雄狮醒来了，偃卧的小草开始歌唱。许多学贯中西的进步文人，肩扛文化变革的大纛，冲锋陷阵，掀起了一波又一波的新文学浪潮。《新青年》上刊载的散文，犹如一束束亮光，不但给人以希望，还给人以力量。“五四”以来的散文作品，无论是观念和主题，还是形式和风格，都跟以往的散文迥然不同。最具代表性的，当属鲁迅先生的散文（包括杂文），其刚健、凌厉的文质，疗救了中国散文长久以来颓靡不振、钙质疏流的顽疾。此外，周作人、郁达夫、朱自清、萧红、沈从文等一大批作家的散文创作亦各具特色，呈一时之盛，影响深远。

时代的前行催生了文学的发展，然而文学与时代有时并不同步甚至充满了“张力场”。“五四”的个性解放虽然催生了一批个性鲜明的散文精品，但这样的生态并未持续多久，中国散文的波峰出现了向低谷滑行的趋势。有论者指出，“散文在 50 年代既是对解放区散文文体意识的放大，又是对五四散文文体精神的进一步偏离。这种放大和偏离表现在个体性情的抒发让位于时代共性或者时代精神的谱写，政治标准优先于艺术标准，批判性为歌颂性所取代等诸方面。”（董健、丁帆、王彬彬《中国当代文学史新稿》）1960 年代初，散文创作一度出现了活跃，“专业”从事散文创作的作家群凸显出来，刘白羽、杨朔、秦牧相继登场，迅速成为散文界的三位名家。但他们的作品后人评价褒贬不一，认为其中颂歌式的写法较为单向，这种模式化的写作，不但对散文的建设毫无益处，反而扼杀了散文的个性和神采。

“文革”十年，中国散文更是一片凋零和荒芜，乏善可陈。1970 年代末，一些历经浩劫的作家开始复血，解除思想枷锁，重新拿起笔来写作，中国散文才又凤凰涅槃，焕发生机。加之各种文学刊物纷纷复刊和创刊，以及大量西方文化读物的译介出版，更为这些饥渴、桎梏太久的散文作者提供了登台亮相的舞台和瞭望世界的窗口。

1980 年代初期，伴随改革开放的热潮，思想解放大旗招展，文化随之繁荣，诸多承续“五四”精神的作家以笔为旗，抒发胸中压抑既久之块垒，出现了一批抒情性质浓郁的散文，使得现代散文这块“百花园”芳菲争艳，蔚为大观。特别是 1980 年代中期，随着作家主体意识的不断强化，中国文学开始呈现出一个崭新局面，作家从“集体意识”中抽身而出，重新返回“个体”，注重对生活的体察和内在情感的表达。这一时期，散文的艺术性得以强化，文本的精神内涵和表现空间得以拓展。

进入1990年代，社会发展日新月异，城镇化进程锐不可当，文化领域亦呈多元格局。各种文学思潮相互碰撞，人文精神的讨论更是打开了作家们的创作思路。“大散文”概念的提出，引发了散文界对散文的内涵和外延的重新讨论和界定。风靡一时的“文化散文”热，成为文坛上一道靓丽的风景。“新散文”“原散文”“后散文”“在场散文”等散文流派“你方唱罢我登场”，争奇斗艳，各领风骚。

及至二十世纪末，一批深具先锋意识和文体自觉的新锐作家，像一头公牛闯入瓷器店，使散文天地发生了激烈的碰撞和变化，形成一股新的散文潮流，提升了散文的审美品质和精神向度。

纵观1978年至2023年四十多年来，中华大地在“改开”的黄金时代中，社会生活奔涌激荡，各种思潮风起云涌，散文创作更是云蒸霞蔚、气象万千，涌现了众多成就斐然、风格各异的散文作家和具有思想深度、艺术上乘的散文作品。岁月的流水冲走了枯枝败叶和闲花野草，中流砥柱却巍然屹立。时间留住了新时代的散文经典，经典在时间的长河中绽放光芒。以沙里淘金的经典散文向“改开”的时代致敬，是我们不可推卸的责任和义务。

别看散文的门槛貌似很低，要真正写好，却实属不易。优质散文是有难度的写作，它不但需要作者的智识、胸襟、眼界、修养和气度格局；更需要写作者的态度、立场、慈悲、良知和批判勇气。遗憾的是，散文创作繁荣和光鲜的另一面，却是大量平庸甚至低劣之作的泛滥，不但败坏了读者的胃口，而且造成了物质和精神的极大浪费。散文作家层出不穷，散文作品汗牛充栋，可真正能让人记住的散文佳构却凤毛麟角。

散文要发展，文学要前行。发展和前行就要从平庸的樊篱中突围。在突围的过程中，散文作家不可太“聪明”，不可太世故，要永存对文学的敬畏之心。一言以蔽之，散文的尊严来自散文作家的尊严。也可以说，要想散文繁荣，首先需要有一批人格健全，品德高尚，铁肩担道义的散文作家。什么样的人写什么样的文章。特别是写散文，最容易看出一个作家的内在品质和境界涵养。一个人格不健全的人，哪怕他作文的技法再高妙，也很难写出撼人心魄、抚慰灵魂的散文来。作家精神品质的高低，直接决定其作品的精神向度。

为了散文写作的突围和发展，为了建设独具特质的当代散文，也是为了更好地从经典散文中汲取营养，我认为有必要正视和重申一些常识性的思考。高头讲章的理论是灰色的，常识之树却葳蕤常青。

一、作家的个体精神决定散文的优劣。常言道，散文易学而难攻。难在什么地方，不是难在技巧，而是难在作家个体精神的淬炼上。倘若作家的个体精神不够丰富，不够深刻，不够清澈，纵使他手里握着一支生花妙笔，也写不出令人称赞的散文。那么，如何才能做到个体精神的丰富性呢，这就要求作家时时刻刻不背离生活，要知人情冷暖，体察人间百态，关心民瘼，有忧患意识，不要做生存的旁观者。一个冷漠甚至冷酷的人，是不适合从事散文创作的。

二、真诚是确保散文品质的基石。散文创作跟作家的生存经验息息相关，可以说，真正优质的散文，无不牵连着作家的血肉和心性。作家的喜怒哀乐，悲欢离合，都或隐或显地暗含在他的作品中。假如在一篇散文作品中，读者既看不到作者的体温，又看不到作者的态度，那这篇作品或许就是失败的。说明这个作者在他的作品中“说谎”或“造假”，缺乏真诚之心。作家一旦失去真诚，为文必定矫揉造作，作品也必定会失去生命力。因此，真诚是散文的“生命线”，也是“底线”。

三、个性是促进散文生长的养料。人无个性便无趣，文无个性便平质。当下，每年都会诞生数以万计的散文篇章，但能够让人记住，且读后还想读的作品并不多，何故？概在于这些数量庞大的散文，无论题材，还是语感都千篇一律，像是从“模具”中生产出来的，缺乏辨识度。散文要发展，必须要求作家具有“个性意识”。“个性意识”不是标新立异，更不是哗众取宠，而是一种“创新意识”和“审美意识”。但凡在散文创作方面被公认的那些大家，都是“文体家”，他们以自觉的写作实践，开创了散文写作的新路径。不合流俗方能独步致远，推动散文的建设和繁荣。

当然，以上几点并非创作散文的圭臬，谁也没有资格去为散文“立法”。

散文是自由的创造，散文精神即自由精神。我之所以提出来，仅仅是希望引起散文同行们的重视和参考，共同为中国当代散文的发展尽力增光。

我们策划、编选“中国散文60强”（1978—2023）的初衷，旨在对新时期以来的中国散文创作作出梳理、评价和选择，试图精选出风格各异的代表性散文作家，以每位一部单行本的形式，呈现出中国新时期优质散文的大体样貌。此项目的发起人为资深出版人张明先生。多年来，他一直追求做高品位的纯文学书籍，也曾连续多年与中国散文学会、中国小说学会合作，出版年度《中国散文排行榜》和年度《中国小说排行榜》。2023年他策划出版了《中国小说100强》，反响不俗。身处喧嚣、纷杂的环境，能以如此情怀和心力来为文学做如此浩大的工程，不能不令人钦佩！

感谢张明先生邀请我和叶梅、冯秋子、陆春祥、吴佳骏、张英、文欢组成编委会，共同遴选出60位作家。我们在召开筹备会的时候，即将作品的思想性、艺术性、代表性以及影响力作为编选的基本原则。在确定入选作家名单时，我们认真商讨，反复研究，生怕因为各自的眼力、审美和趣味之别，造成遗珠之憾。好在我们的工作得到了作家们的积极回应和鼎力支持，惠风和畅，大地丰饶。

60位入选的作家，既有令人尊敬的文学大家，如孙犁、张中行、汪曾祺、史铁生、邵燕祥、流沙河、刘烨园、宗璞、贾平凹、韩少功、张炜、梁晓声、阿来、冯骥才等。这批散文大家的作品，文风质朴、清朗、刚健，充满了“智性”和“诗性”。无论他们是写怀人之作，还是针砭时弊，歌咏风物，都有着鲜明的文化立场和审美取向。他们或出入历史，借古观今；或提炼人生，洞明世事，输送给读者的都是难能可贵的“精神营养”。

也有被散文界公认的名家，如李敬泽、王充闾、马丽华、周涛、冯秋子、叶梅、筱敏、张锐锋、周晓枫、于坚、鲍尔吉·原野等。这些作家的散文作品，特色鲜明，风格独特，诚挚内敛，从内容到形式，都作出了各自的探索和尝试，为当代散文注入了活力。从他们的作品中，我们不但能够领略汉语之美，更可以借此反观生活与存在，寻找人之为人的价值和尊严。

还有散文界的中坚力量和青年才俊，如彭程、谢宗玉、江子、雷平阳、任林举、塞壬、沈念、傅菲、吴佳骏、周华诚等。从他们的作品中，我们见到的，不只是中国散文的文脉传承，更是自由精神的张扬。他们文心雅正，笔力锋锐，不跟风，不盲从，始终保持着独立的思索和判断，在各自所开辟的散文园地中精耕细作，以崭新的姿态参与和推动当代散文的变革。

其实，细心的读者不难发现，入选本丛书的老、中、青三代作家都有个共性，即他们均在以自己的作品审视心灵，心系苍生，弘扬真善美，鞭挞假恶丑，充满了正义感和人道主义精神。这自然与时下众多书写风花雪月，一己悲欢，充塞小情趣、小可爱的散文区别开来。正是因为有他们的存在，中国当代散文才呈现出一幅绚丽多姿的长卷。

需要说明的是，有些重要的散文家，如张承志、余秋雨、王小波、苇岸、刘亮程、李娟等人，由于版权或其他不可抗原因，未能将他们的作品收录进来，我们深以为憾。

我们还要感谢北京立丰天文化传播有限公司的资金支持，感谢北京联合出版公司的精心编校，他们慷慨和无私的义举，对于繁荣中国当代散文创作、对于赓续中华优秀散文文脉、对于中国新时期的文化积累，均具重大价值和意义，可谓善莫大焉。这套丛书的出版意义将同《中国小说 100 强》一样，旨在给读者以经典的指引，这既是一项重要的原创文学工程，同时也是助力推动全民阅读和研究传播文化的公益工程。

郁郁乎文哉，中国散文有幸！

是为序。

2024 年 5 月 12 日星期日

（作者为全国政协常委，中国作协副主席、书记处书记）

目　录
Contents

失明症

若泽·萨拉马戈的《失明症漫记》描写了一种时疫，失明症。

用失明描述这种病症其实不太准确，患者眼中失去的并非光明，而是阴暗。患者的视线被一片明亮的白光占满，白光吞没了所有颜色，致使分不出红绿灯，也吞没了所有阴影，致使辨不出物体的轮廓。白光吞没了一切辨识世界的参照物，患者被淹没在无边无岸的白光之中。

医生问诊：像灯光灭了一样吗。

患者答：更像灯光亮了。

这种白色眼疾医学不曾知晓。书中的医生相当困惑：它不是心理失明，心理失明即失认症，虽然缺乏辨认所见之物的能力，但是能够看见物体。它也不是全盲，全盲即黑蒙，是完全的黑暗，除非存在一种白色黑蒙。

人的视觉借助于光，也借助于阴影。在全然无光的世界里，人是瞎的，这叫失明，在全然是光的世界里，人也是瞎的，这也许可以叫作失暗。与黑暗型失明症相对应的，是光明型失明症。相比起黑蒙，白光是更强横的东西，更具有侵略性。黑蒙多是渐渐入侵，白光却是闪电袭击。人陷入完全的黑蒙，会有恐惧，但黑是静的。而陷入完全的白光，人是躁狂的。似乎没有一个患者对眼前突现的一片光明感觉欣喜，他们都将此视为灾难，尽管有一些人随即利用灾难谋利，譬如那个趁机偷汽车的人，那个纠集团伙欺负并奴役其他患者的人。

可怕的是，这是一种传染病，它的传染途径是目光对视。医生接诊了这样一双眼睛，医生也瞎了。没有多久，整个城市的人几乎都瞎了，连教堂里的圣像也瞎了，一双双眼睛蒙上白布，再也看不见人间的疾痛。整个城市一片光明，不可否认的光明，前所未有的光明，达致极端的耀眼，然而城市并没有飞升向天堂，而是急速坠入地狱。光明的地狱并不比黑暗的地狱略微仁慈。

萨拉马戈写的是这一时疫所导致的灾难。人们一向以为坚不可摧的国家机器失灵了，社会系统失序了，原来这些东西都很脆弱，会在瞬息之间崩解，抛弃我们。人们以为自己牢牢把握了生活，行走在向上并且静好的路面上，突然生活却被摔碎了。即使人们不知道这一切的因由，也必得承担这一切的结果。小说呈现了人们的困惑，恐惧，溃败，抵抗，自救，重建社会正义和秩序的过程。

失明症会传染，恐惧会传染，溃败会传染，死亡会传染。与此同时，抵抗也会传染，文明和正义当然也会传染。

萨拉马戈在书的扉页写下一句箴言：如果你能看，就要看见，如果你能看见，就要仔细观察。

假如你拒绝去看，拒绝看见，失明症便蹲在路边等你。假如整个世界坠入地狱，你不可能关紧自己的门窗，独善其身。

2020 年 3 月 30 日

忘　川

希腊神话里有一条河，名为忘川。

遗忘以河的形式穿过世界，不知所源，不知所往，汩汩而濯洗往古和如今，它与每一个人相关，以致这河比众多的神祇还要著名。可见遗忘是人类非常古老的问题，也是非常现实的问题。

人们在去往天国的路上，必得经过那里。所有这些人，或者说所有这些魂灵，有清的，浊的，苦难的，随常的，卑贱的，华贵的，无辜的，有罪的……

柏拉图在《理想国》里说到一行魂灵上路，风餐露宿，备受煎熬，途经审判，途经抉择，而后从“必然”的宝座之下一个一个走过去。接着，所有的魂灵被驱赶着，横穿勒塞的平原，也就是遗忘之平原。那里赤地千里，不生树木也不见草色，酷热如同炉火把人悉数烤干。傍晚，焦枯的人们来到一条河畔，于是人们扑向河水。柏拉图这里说的是——每人都被迫去饮一些河水，那些没有智性相助的人饮的更多，还超出了规定的数量。饮后人们便忘掉了一切，他们睡着了。这条河就是忘川。

据说从前的希腊人不饮河水，他们只饮井水或泉水，这或许是因为浊与清，又或许是因为遗忘与记忆。然而后来，后来发生了什么，竟至只剩下一道河水，谁知道呢，那都是已经遗忘了的事情。许多的记忆被河水冲落，沉入河底，在那里翻浆，淤积，那河水必是浑浊的了，传说它是血色的，流淌起阵阵腥风。

如此便明白为什么人们是被迫饮下河水。然而，究竟是谁，以何种方式可以如是迫使人们？

那种力量只能来自高处，人世之上，那是一种隐形的力量，它无所不在，既软且硬，它以阳光的形式控制着人们，以气流的形式，色彩的形式，寒冷或酷热的形式，死寂或喧嚣的形式，以悬剑的形式，子弹射入的形式，一切能够侵入毛孔也能够侵入灵魂的形式，控制着人们。

当然还有快乐的人们，他们无须控制，或者说他们自我控制。他们扑向河水，畅饮河水，还在河中嬉戏。焦渴之中一旦饮下一口河水，他们立刻就忘记了泉水的清澈，何况他们的出生地可能从来没有过泉，可能从来不知道泉水的滋味。遗忘是快乐的，它一下就把痛苦卸下了，把愤怒、悲伤、责任、内疚、虚弱、恐惧、耻……都卸下了。寻找快乐的人总是多的，趋利避害的人更是多的。当记忆之泉有武装的卫士把守，甚或已经断了水脉的时候，人们奔向遗忘之水，并赖以为生，这先是无可奈何的事情，到后来就变成理所当然的事情。

还有，忘川之水没有任何器皿可以舀起，这就迫使人们使用他们的身体，至少用手去掬。这样一来，所有的手都被洗过了。既然河水可以洗净所有记忆，那么当然可以洗净手上的污迹，一掬之后，所有的人都成了清白无辜的人。

死亡张开它巨大的黑翼，黑压压而来，轰隆隆滚动着逼近。那些五月的鲜花，那些举起玫瑰与火百合的人，徒手散步者，梦者……生命脆弱如夏花，俄尔被摧毁，巨大的黑翼随即卷去了他们。

夜还很长，死神念着摇篮曲，睡吧，睡吧，不要走出家门，整个世界都要安睡。人们哆嗦着闭起眼睛，听着摇篮曲之下死一般的寂静，渐渐地睡了。就像那些饮过河水的人们。

你听到夜深处母亲的哭声吗？

你听到忘川穿过寂静，汩汩的涨潮声吗？

你听到河水喧哗着侵入你的梦，在你的枕边卷去了一页历史吗？

还有那幻听时涌起，细辨时消没的呼救声？

忘川原是为死者而在的，现在它竟泛滥上来，淹过生者，这是灾难的年代发生的恐怖事情。谁会筑堤挡水？谁会发出尖叫？

水漫上来，成为现实本身。接下来的现实是，人在忘川之水里竟能长出鳃来呼吸，甚至摆起尾游来游去，击水狂欢。人不再记得人是直立行走的物种，不再记得是什么缘故使人之所以为人。人的魂灵渐渐变成浮水的鱼鳔，自然就忘掉了人的现在依存于过去，生命依存于死亡，人的历史全都源于记忆，是往古的记忆和如今的记忆，死者的记忆和生者的记忆的累积。狂欢的人们不需要累积。

忘川之水不可抗拒，忘川之中还有什么是不可能的，还有什么不可思议。这命定的忘川。我们总是相信命定。

但是，在行经"必然"的宝座之前，"必然"的女儿拉赫西斯告诫过人们："不是神决定你们的命运，是你们自己选择命运。"那么，即使有被迫的缘由，遗忘也还是人们自己选择的。

那一行魂灵之中，有一个人拒绝选择遗忘，拒绝饮下河水，苏格拉底称他为勇士。经历过酷热的平原摧残和烤炙之后，一个人，必得是知道那河水的毒害，必得有极强的自制力，方能拒绝那河水。他做到了。

当他睁开眼睛，天已亮了，他说不清灵魂是怎样回到他的体内，他发现自己正躺在火葬的柴堆上。他醒了。他保存了一路上的记忆，他要把那一个世界的事情告诉后来的人们。

苏格拉底说："格劳孔啊，这个故事就这样被保存下来，没有亡佚。如果我们相信它，它就能救助我们，我们就能安全渡过勒塞之河，而不在这个世上玷污了我们的灵魂。"

2007 年 5 月 15 日

记忆的形式

一

记忆是可能的吗？

一个人在可能的一侧寻找路径，同时在不可能的一侧也寻找路径。草色凄迷，风的锐响穿心而过，造成一种寒栗，俄顷消遁，不留星点痕迹。

锐响是真实的吗？寒栗是真实的吗？无论怎样剧烈，都只在个人知觉里漾动，既不能以实体显现，亦不能量化，不能复制。因之不能证实，因之亦不能证伪。在可能与不可能之间一片空蒙，进而是更深的虚无——记忆，记忆又是什么？

二

一张纸片贴着荒漠飘扬，在许多岁月里。它假想荒漠上总该有眼睛，人的眼睛和兽的眼睛，识字的眼睛和不识字的眼睛，属于这一种文字和属于另一种文字的眼睛，有火焰的眼睛和没有火焰的眼睛……眼睛和眼睛是不一样的。火焰是一种记忆。识字是一种记忆。能读某一种文字是在某一路径上记忆。

一张纸片飘扬的形式，是记忆的形式。荒漠有足够多样的手段将一张纸片撕碎，消解，何况荒漠之上还有足够多的岁月。它挂在草茎上；它埋在沙丘里；它因沙丘流徙而流徙；它在雨雪中湿了；它贴在岩石上干了；它被鸟喙啄成条状去筑巢；它随巢倾覆，没进沼泽地……

飘扬的状态，是存在与不存在之间的状态，既非有亦非乌有的状态，而消解的力量却是真实并强大的，因之伶仃的飘扬终将消解为乌有。假如何其幸运，它恰巧遇到点燃它的眼睛，或者为它所点燃的眼睛，它就成了一个物证，一个存在，于是，它从个人的记忆变成共同的记忆。

三

社会学家哈布瓦赫有专著论集体记忆，自然集体记忆才是社会学家可论的事情，个人记忆倘值得探究，只好归入小说家言或精神病学之中。

哈布瓦赫认为，一组记忆就像是一座大厦的墙壁，这座大厦被整体框架支撑着，并受到相邻大厦的支持和巩固。我们的记忆依靠的是我们的同伴，是社会记忆的宏大框架。记忆需要来自集体源泉的养料持续不断地滋养，并且是由社会和道德的支柱来维持的。只有把记忆定位在相应的群体思想之中，记忆才是可能的，一些记忆才能使另一些记忆得以重建。

如此一座大厦以及周遭的建筑群，应该就是我们今天称为历史的东西。它巍峨矗立，不可摇撼，从墙基到塔尖，里里外外都砌满了证据。

作为社会性生物的人，需要在社会中寻找生存的依凭；人的记忆也需要在他人那里寻找依凭。构成墙壁，是一块砖头一块砖头的叠加，而不是水母、野蒺藜、雪花的叠加，为此需要在个人记忆中挑拣出与砖头同质的部分，并把它们裁切成规则的形状，删汰掉那些异质的、异形的部分。所谓删汰，也就是遗忘和涂改，也就是否弃另一些证据，这是个人趋同集体的代价，个人记忆进入集体记忆的途径。一座集体记忆的大厦，其起建本身，就是以遗忘、涂改和否弃为代价的。

而更重要的问题是框架。那个如同神迹的框架。那个毋庸置疑的框架。像我们无从选择的社会，是先于我们而存在的；像不得不服从的权力，是高于我们而存在的。它具有天然的权威性与合法性，成为我们记忆的统治者。我们将获得何等样的一座大厦，我们将拥有何等样的历史，全都由那个框架决定了。单个人在那宏大的框架面前深感卑微，深感无力。

然而，那个框架是如何建立的？由谁建立的？根据什么而建立的呢？

四

另一位社会学家康纳顿作出了自己的说明：“控制一个社会的记忆，在很大程度上决定了权力等级。”“至于社会记忆本身，我们会注意到，过去的形象一般会使现在的社会秩序合法化。”

因，或果。或者互为因果。

某种强力统治着我们的记忆，并从记忆深处统治着我们。

希腊神庙倒塌之后，留下一些廊柱，这叫遗址。遗址是记忆的栖身之地，流连之地，也是记忆的崩溃之地，散失之地。许多风化的故事流徙在风的道路，许多异域的故事伴同流沙迁来。故事和故事之间穿行着一些魂魄，更横逸着永恒的空白。修复这些廊柱，进而循着这些故事修复整个神庙，那是重构记忆吗？即便从前的廊柱在着，从前的神祇到底被时间遮没，到底是残缺不全的。于是新起的神祇获得遗址之时，更多地获得了记忆的空白，空白极大地便利于神建构他的意志。

既然有廊柱倒塌过，消失过，也可以让余下的廊柱继续倒塌，继续消失；既然有廊柱缺损过，毁坏过，也可以重新再造更大量的廊柱；既然在曾经有墙基的地方找不到墙基石，便可以在没有墙基石的地方放上墙基石；既然从前的神可以建造神庙，那么今天的神也可以修改遗址。

为一个神的诞生，有时需要大洪水，有时需要地震，有时需要战争……有时却只需要在一个无声的夜晚，悄然挪动一下记忆的某些梁柱或某块墙基石。

记忆是一条倒流的河，它以现在的基石为起点，向前回溯。因之记忆是一条迷失的河。

康纳顿所指的“有组织的忘却”和“有组织的记忆”都是真实的。在一次又一次挪动的基石上，神和人一次又一次重构历史，而组织齐整的人们就一遍一遍地背诵这样的历史。

五

失忆是一种精神疾病，然而集体的失忆呢？

一个人忘却了社会集体所要求于他的，他便是有碍社会正常生活的分子，是染病的分子，错乱的分子。然而集体的共同遗忘却从不被诊断为流行病。在精神疾患的诊断上，向来有一个多数的原则，正常——也即健康与否，总是以在人群中数量的多寡来判定的。多数人的状态，便是正常的状态，多数人的行为标准，便是健康的标准。因之，集体的失忆从不被质疑。不仅如此，它甚至就是社会的一剂镇痛灵药，一种伤口缝合术，平复术，用于重建社会的秩序和安宁。

作为社会不合时宜的纤弱神经，某些深为痛觉困扰的知识分子一再悲叹群众的势利，全无逻辑可循地突然倒向强势的一边。其实记忆也是势利的，它同样遵从人的合群的本能，附着于社会强势的框架，在那里寻求认同、给养和支撑。所以，哈布瓦赫说："所以，他们会在与集体记忆演变相同的方向上，使他们的回忆发生屈折变形。"一旦粘附上集体的墙壁，虚无的就变成实有的，缥缈的就变成确定的，无意义的点点滴滴便获得了强大的意义。

风掀动流沙，像是一场合谋，满世界是风和沙的啸声。沙粒和沙粒彼此相似，彼此跟随，彼此依存，每一沙粒都是卑微的，弱小的，无辜的，然而它们竞相卷入的沙之流是强大的，合群的本能是不能抵御的。一夜之间，一个曾经巍峨的沙丘抹平了，另一个沙丘凭空矗立了。和平的遗忘，和平的重构，没有一颗沙粒能在空白之地发出嚎叫，让流徙的同类回望它们曾经高耸的位置，事实上也没有坐标可以确定它们的位置。一颗沙粒，如果它活着，它的生活也是碎屑式的，不连续的，片断与片断之间没有线索。

然而，总是有沙丘在夕照中起伏，镀着铜的颜色，每一时刻看上去都亘古不变，这构成大漠永恒的景致。

记忆是负重，许多人乐于失去记忆，许多人构成强大的社会集体。人们需要忘却最为痛苦的最为不堪的经历，这是自我保护的本能。

由此推断，记忆是一种精神疾病。

六

一个囚徒在牢狱里敲墙，是为了寻找回应，为了寻找有共同境遇的人，是为了在隔绝之中寻找对个人生存的支撑，对个人记忆的支撑。孤绝的监禁切断了生活所有的参照物，连时间也是没有刻度的，没有定向的，一切都在知觉与幻觉之间流转飘移。隔墙的回应激起这一个囚徒的狂喜，当隔墙的叩击声传来，他即刻辨认出生与死的分界，获得了对自身遭遇的映证。

一个人独自回忆起别人都不再记忆的东西，一个人独自看见了别人都没有看见的东西，他就是一个死牢里单独监禁的死囚，一个被诊断为幻视幻听的精神病患者，在他的囚室里得不到隔墙的回应，在社会生活中也得不到回应。

童话里说梦，为了证明梦非虚幻，每每让主人公醒来的时候，手里握个梦中所得的物什。这种梦所说的其实也就是记忆，这物什所比的其实也就是物证。一个物证在童话故事里足以拯救一段记忆，然而实生活却比童话坚硬得多。即便是物证，身历者从中看到的是刻骨铭心毋庸置疑的历史，而旁人眼里，又可以循逻辑理性结构出另一情境的历史。甚至更将此物视同无物，因为这是孤证。对有权参与重构历史的学者来说，孤证是不可以采信的。

怀揣孤证的人十分不幸。他像一个说梦的人，一个陷于幻视幻听不愿医治的人，一个与现实生活隔离的人，一个无家可归的人，一个有反社会倾向的人，甚或一个鬼魂，在早已竖起了成群新大厦的所谓遗址上游来游去。他不知道现实是怎么离他而去的，更可怕的是历史也在离他而去。他曾经坚信活下来是为了做证，然而现在他发现他无从做证。他是一块断砖，不能砌入集体记忆的框架，只能遗落荒野，任凭岁月将其风化，消解。

七

据说古希腊人把故事叫作“老妇”，西塞罗的叫法是“老妇的故事”。所谓从前，所谓记忆，所谓历史，这些空蒙的苍茫的字词，构成形象就该是一位白发苍苍的老妇人给围坐的一群孩子讲故事。

但这个画面本身已经很古老了，不仅老妇，连那些淳实和沉静的孩子也老去了，故去了。许多年里，人声鼎沸的街市上，再没有听故事的孩子出世。

于是，记忆成了更困难的事情，成了需要使用锤子和凿子的事情。

在发生过某个事件的街角，那位老妇企图制作一个石雕，讲述她记忆中最疼痛的一瞬：在这个街角倒下去的她的儿子。她一遍一遍看见她的儿子慢慢倒下去，胸口抵住路边的花墙，终竟一点一点滑下去，仆落在路面上，插入地砖接隙的手指，是挣扎着不愿放弃生命的样子。

然而行人一遍一遍切断她的视线，下班的行人，放学的行人，赶往飞机场的行人，赶往影剧院的行人……川流不息的行人在那些地砖上踏过去，在她组接起来的记忆中踏过去。日常生活比她的锤子和凿子更坚硬，她看见她的石雕一次再次坼裂，破碎。

那个疼痛的瞬间只在她的记忆里是真实的，而在曾被儿子的身躯焐热的花墙和地砖那里是不真实的，在转换了场景的街角是不真实的，在未曾疼痛或已不再疼痛的行人那里更是不真实的。即使把那个瞬间用石头重塑出来，执拗地楔入日渐陌生的街角，那锥心的疼痛也是不能被记起的。疼痛是无人想要的礼物，它是非常时刻的非常情态，而生活永远只趋向常态。

现在，当我们企图用画面表现记忆的时候，它是匆匆向前奔涌的人流，和孤零零逆着人流而回溯的老妇人。她成了一个障碍物，徒然造成人流的紊乱。人们推搡她，闪避她，嫌怨她。她无助地向人们的后背举目，步履维艰，每挪动一步，都带来更猛烈的推拥，结果是她距离她要去往的目标愈来愈远。

然而，这位老妇人是太坚执的，就在她的石雕之梦已经粉碎的时候，就在她自己濒临没顶的时候，她依然记得在一个叫作五月广场的地方，有某一个日子是回溯的人们设立的——在那个日子，许多的老妇人慢慢地环绕广场行走，往记忆的深处行走，为纪念和寻找她们失去的孩子。

八

有许多的屋子，以墙分隔着，如同以大海分隔着，形成一个一个孤岛，相互之间并没有门。这不是监禁囚徒的屋子，这是自由生活的屋子，墙是一种自由选择，一种日常生活的结构，一种秩序，墙在此时是安谧的自由之象征。

墙分隔了一些人与另一些人的生活，制造了一些经历和另一些经历。彼此分隔的感觉，彼此分隔的理念，彼此分隔的语言词汇。没有什么风能吹透所有的墙，让每一间屋子同时感知萧瑟；更没有一束光能穿射这些墙，引起人们相连的注视。一代人的记忆锁闭在他们的墙壁之内。一个人的记忆锁闭在他的身心之内。隔墙的事件都是隔世的事件，大洋彼岸的事件。假如隔墙传来叩击声，毫无例外都是噪声。

哈布瓦赫这样写道："一个群体的兴趣和注意力是有限的，这个群体给在世的成员起名字，而同时在思想和记忆中除去死去的人，取走他们的名字。"他这里描述的是古代社会的人。古代社会还是缓慢的，除去和取走也是缓慢的，时间的经线很显明，很结实，而编结时间经线的每每就是那些逝去的名字。

但现代社会却是横切的社会，一个一个横切面雪片一样漫空飞舞，遍地散落，经线也不断被横切着，一个一个新异的影像被打上天幕，又一个一个了无踪迹地消失。的确，一个群体的兴趣和注意是有限的，人们不断地制造着新异的影像，也就不断地除弃过往的记忆。

以往不曾有一个时代像今日一样，有数百倍剩余的新异之物等着填充人们的注意，于是，人们的心灵是没有空间的。他们既没有间隙想起隔墙的屋子，也没有间隙收藏自己的记忆。这是一些没有经线维系也没有纬线维系的人。

九

记忆是生命内里的事情，然而生命毁灭了；或者生命还延续着，一代人，两代人都还在着，记忆却枯死了，像一片从根部开始枯死的树林。

整株植物极少能保存为化石，整片树林更不能。一座森林毁灭了，只有极少的叶轮可能被拓印下来，以化石的形式残留星点记忆。一片星轮叶化石，再一片星轮叶化石，一片纵肋茎化石，再一片环形痕茎化石……加入更多后世的想象，于是隔着无数世代，人们隐约猜测曾经石炭纪的一片芦木属森林。在这里，承担记忆的是无生命的化石，而不是生命本身。

希伯来先知耶利米被后人称为流泪的先知，他在髑髅地山丘下的石洞独自哭泣。石洞是冷的，锁闭的，没有回应的，所有的苦难和哀恸都向内心流淌，由是，他写下了《哀歌》。不是他为之哭泣的人们需要《哀歌》，是耶利米自己需要《哀歌》。与其说他是为承担集体的历史，莫若说他是对个人记忆保持诚实。

2003 年 2 月 28 日

广场上的白头巾

三十年过去了。她们还活着。

她们是阿根廷五月广场的母亲。她们的孩子失踪了，在军政府恐怖统治时期，甚至更早的庇隆政府时期，铁血的罪恶袭击了那些孩子，他们被从家里掳走，从学校里，从黑夜或白日的街头。三十年，杳无音信。年复一年物换星移，天空的颜色由猩红而漆黑，由幽绿而皓白，天空已经完全不是母亲和孩子一同晒过太阳的天空。母亲的头发全都白了，如秋深飘落树冠的枯叶，寒冷进入树根。母亲们围起白头巾，那是她们年迈的悲痛的旗。三十年，她们还在这里。

诗人巴列霍曾经唱道：

人生有一些打击，
太沉重了……
我不知道！
它们像上帝的仇恨；

似乎面对这些打击，
人生的所有苦水
都倒流进心里……
我不知道！

这些母亲的心里已经满溢苦水，她们的生活也是漂泊在苦水中的生活。苦水在大地上形成湖泊，她们变成水中的生物，互相搀扶着，互相救援，学会了在水深中呼吸。

起初她们是十四个人。1977 年 4 月 30 日，十四个母亲出现在五月广场那座玫瑰色的宫殿前面，询问她们儿女的下落，要求军政府对她们儿女的失踪作出解释。她们面对的是石头，石头僵硬而且庞大，既看不见她们也听不见她们。

——没有什么年轻人失踪。

——这些失踪的年轻人是国家的敌人。

母亲的行走就是那天开始的，母亲们绕着广场在石头面前行走。她们不知道该往哪里去，不知道哪里能有一盏垂顾她们的风灯，在石头和铁的国度里，母亲完全没有道路，然而为了寻找自己的孩子，母亲必须行走。她们互相挽着，走一个圆圈，再走一个圆圈，就像她们生火、烧饭、缝小袄、洗尿布……从黎明操劳到夜深的周而复始的日子，从春到冬，从冬到春的循环往复的生命。

广场上伟大的金字塔，伟大的骑马的青铜的将军，伟大的总统府和市政厅，伟大的玫瑰色石头和白色石头。伟大的脚下，这些渺小的女人。

那些用制服和武器撑起来显得像伟大国家的人，吆喝警犬扑向她们，讥笑说：绕圈吧，就像瞎眼的母鸡在笼子里绕圈，可怜的候鸟在旋风中打转。绕圈吧，不想活了的疯女人。

她们的回答是她们活着，并且也要孩子们活着，所以她们继续行走。有谁比母亲更懂得生命，更敬畏生命，谁比母亲更深地体味活着的美好，生命在她们体内萌动的幸福时分。她们拒绝相信她们的孩子已经死去，她们寻找，农妇不就是这样绕着田野呼叫孩子的么，女人不就是这样绕着街院寻找孩子的么，她们把孩子的照片挂在胸前，喊着孩子的名字。她们两手空空，什么也没有，既没有武器也没有力量，她们只有一个一个真实的故事，她们只有诉说，再诉说，在不断的诉说中阻挡一个一个年青生命的消失。她们跟所有的母亲一样，要看见自己的孩子。为这天底下最简单的诉求，她们必须活着，她们靠自己的悲痛活下来，在悲痛中寻找自己的生命。

从此她们每个星期四都来这里，她们诉说，并互相倾听，也祈祷大地倾听。

一位儿子，失踪时只有 19 岁，他清澈的眼睛多么像我们家乡的天空，歌声就像天空飘荡的彩云，他在教育学院学习他热爱的历史，希望毕业后能在高中教历史。他的罪就是太年青，太爱思考。1976 年 5 月 12 日黎明，两辆福特汽车和五个持枪的人闯进家门把他带走，并搜走了他的身份证明。他们声称代表联邦警察局而来，然而警察局却将叩门寻找的母亲推出去，——不，没有，没有抓捕，没有拘押，没有什么五个持枪的人，假使是有，他们当时出示的证明也是伪造的！……一名女儿，22 岁，在大学里念心理学，那一天，1976 年 9 月 1 日，灾难降临，我们完全不知道，是在什么情形下，什么人把她掳走了，我辞了职，去往我能知晓的任何地方寻找，却始终没有她任何消息。多么善良纯洁的孩子，总是记挂着世界上受苦的儿童。她爱着一位男孩，约定相爱一生。出事后我请求那男孩离开这个国家，他回答我说：我不想被她当作懦夫，我希望她一直爱我，我要留在这儿和你们一起找她，好让她回来后可以第一时间看到我。然而一年后，那好男孩也遇害了。……我的儿子在获释后的三个月再次失踪，那是一个星期六的中午，我担心屠杀就要开始了，但我们照常一起吃午饭，还一起跳了一支华尔兹舞，他走出家门，自此再也没有消息。我去了警察局，监狱，政府大楼，内务总理办公室，停尸所，我不断地去往停尸所。我得到的回复是：根本不存在我儿子失踪的档案，或许他在哪里待着，又或许他根本不会再出现了，谁知道！我去了无名死者公墓，带了一大束剑兰，我给每一个无名的坟冢都插上一枝，希望能从中感应到我的儿子。我抬头一看，这墓园多像一座花园啊，我站立不住，紧抱住一棵树放声尖叫，倾尽全身力气号啕大哭。我的意识开始迷糊，我看见枪在喷火，一辆燃着大火的车向我冲来，一切都在燃烧，但我看不见我的儿子。……整一个布宜诺斯艾利斯，整一个阿根廷，还有什么角落我们没有寻找过，当局不但没有给我们任何交代和解释，还恐吓我们不许再追问有关我们孩子失踪的事情。我们需要平安，所以我们需要知道我们的孩子的下落，我们祈祷公义，只有公义能够给予我们平安。

母亲的队伍越走越长。日子一周一周延续，越来越多的母亲来到五月广场。这是因为失踪的孩子一年比一年多了，这是因为这片土地有越来越多悲痛的母亲，越来越多敢于起身追问的母亲。

一边是伟大的强硬的铁和石头，一边是弱小的柔软的躯体，一边是军人的方阵和笔直进军，一边是母亲挽起来的圆环。凶手销毁所有罪恶的痕迹，只留下恐怖的空白，母亲就把自己的脚踏在空白之中，让空白振动生命的响声。母亲们曾经生下了她们的孩子，现在是孩子将她们带进了这个寻找公义的世界，是孩子激荡她们的生命，孩子生下了她们。

与她们的白发同样悲痛的白头巾是她们的旗，把她们变成了共同的母亲。

共同的母亲大声抗议死亡，她们不能停止，停止抗议就意味着被死亡战胜。她们抗议屠杀，抗议恐怖，抗议掩盖和推诿，抗议镇压和监禁母亲，抗议人的失踪之后记忆的失踪，抗议统治者在1982年的马岛战争时用爱国热情掩盖罪恶愚弄人民，正如他们在1978年用举办世界杯足球赛的喧哗欢腾掩盖罪恶愚弄人民。母亲们唱连祷歌，母亲们行走，母亲们的白头巾连接成白色的横幛，母亲们的心写满失踪孩子的名字，她们现在要求当局交出杀人犯和帮凶者的名单，母亲们绝不宽恕，当有人念到一个罪恶的名字，母亲们就齐声高唱——主啊，别宽恕他们！

三十年，广场都长出花来了，繁华的喷泉，太平的鸽子，变幻着颜色的难以言说的天空。母亲们还在这里。母亲们的白头巾还在波涌的圆环里飘动。

母亲们活着，母亲们行走。

于是，这石头的广场，还有比广场宽阔的大地，不得不记住她们的孩子，连同记住那血写的历史，记住生命。

2007年6月24日

传　说

传说中的那只猫叫六月雪，许多人都见证过它雪亮的毛色。它通体蓬松着阳光的气味，传说那是雪地里的阳光，就像曾经领着它的那个孩子。传说那只猫的眼睛亮蓝，从那里可以看见夏日的晴空。如果谁在晴空中看见雪霰，谁就会在六月天听到举世无朋的雷霆。

从前有一位母亲带着那只猫去找她的孩子，那位母亲身着白布衣裙。猫原是锁在家里的，猫是家猫，尚未成年，而且街上兵荒马乱。那位母亲刚一转过路灯碎掉的街角，猫便穿过了孩子房间的玻璃，风信子一样落到街面，跟了前去。

传说中的母亲踩在六月的风里，比风还疾速，比风还惴栗。母亲的影子时而比路树更长，扫在路边假寐的墙上，催它们说话，时而比她自己要短，包裹住她，使她的喊声呜呜咽咽变成琐细的虫鸣。而猫是没有影子的。间或有人恍惚感觉有光斑越过，似乎吧，也许没有。猫的脚步落在夜里，夜是听不见的，连夜也变得寂静无声。

传说中的桥在桂花飘香的地方，那夜桂花的气味浓得很腥。

母亲走到桥头时突然感到气短，攫住她的是极地的绝静和地狱的回声。静从周遭挤迫她，将她的心脏攥在掌中。

恰在这时那只猫赶上了她。事实上她一直说不好究竟是什么赶上了她，她一直理解不了，直至多年以后。她的意识与那夜的漆黑是一样的，连接漆黑的桥在那夜禁止通行。她不能想象那只猫怎么穿过漆黑，它还那么幼小，漆黑却那么巨大。一块小雪片飘摇着扑落，团在她脚下，发出她从来不曾听见过的悲鸣。

俯下身去她才发现路旁是一个花坛，她的腿已经抬不动了，并且像蜡一样正在熔化，关于这一点她也理解不了，她穿过了全城，难道就是为了来到这里？一棵路树搀了她一把，她不知道那是什么树，它们沉默地站着，被黑夜淹没，树冠低垂连成乌云。

母亲抱着那只猫坐在花坛的石基上，传说中的花气正在这里浓烈地蒸腾。夜色致密，是黑铁时代的坚硬，整一个城都消失了，星光，路灯，屋瓦下的烛火，只有传说中的金盔甲在夜空中列队而行。

没有谁看见晴空的亮蓝是否还在猫的眼睛里，那样的夜里，所有的眼睛都失明了。

而母亲不能接受失明，她习惯在夜黑里照料自己的孩子。母亲用她的手代替眼睛寻找，花坛的石基阴冷而且僵硬，临近转角她看到一个孔洞，向内旋着，如一个待放的花蕾。她的手指被吸了进去，火烫，炙痛锥心。

与此同时那只猫发一声惊怖的尖叫，跃起来，子弹一样射过桥头，就此失去踪影。

第二年那位母亲又来了，重又坐在去年的地方，独自等着夜深人寂的时分。那些桂花都修剪过的，花气稀疏得几近没有，花坛也喷过消毒药粉。有关的传说她也听到过，传说月圆之时花妖围成花环在桥上舞蹈，传说月黑之夜桂花树下常有婴儿的哭声，传说哭声是风信子会四处发芽，她倒是希望遇到传说，然而她遇到的只是不幸。

有一片亮雾从花坛里面浮出来，是那只猫，它也来了，它也记得这个日子。

母亲把那只猫抱到膝上，对它说回家，回家，那只猫浑身火烫，眼睛里是铜在燃烧，那是蓝色的火苗，温度恐怕与炼狱接近。

母亲把手煨在蓝火苗上，犹豫着要不要探看旧年那个孔洞，而蓝火苗已经领着她的手自行游走，一寸一寸，从石基的这头到那头，——然而没有。她心中一栗，双膝滑下去，她看见那里被水泥抹平了，不仅孔洞，包括石基原来的纹理和裂缝。

那只猫哀厉地叫，夏夜在弥长的哀厉中静止不动。

母亲再来的时候，花坛消失了。

那花坛几经修改，早已装点得姹紫嫣红，疑似去往天堂的入口，却还是被尽数推平了，水泥抹过的石基自然也清理殆尽。卸在那里的沙石驱走了行人，禁止通行的铁栅也运来了，还有红带子，缠在路树的腰上，扯开，延展着那些禁止。

那只猫已经来了，两朵幽蓝的磷火，燃在坟包似的沙丘之上，看着像一蓬有灵魂的骆驼刺。

母亲明白就是这里了，那只猫一切都记得住。母亲抱住那只猫说，今年我们窗台上的花可是开了，九朵月季，八朵雏菊。那只猫婴儿似的蜷着，嘤嘤的似有隔世的啼声。母亲说，那些路树其实是有眼睛的，在树干上，有一只深瞳仁的，还流出胶质的液体，烛泪一样，深红。

那只猫立起来张望，身躯耸动绷成一张满弓。

再次见到那只猫已经是新世纪了。新世纪的纪年从零开始。

连路树也都不在了，仿佛它们从来就不曾在过，一切全都无影无踪。传说中的桥也不在了，只有一条平坦的大路极尽壮阔，一直通往不可知处，或许是零，或许是无穷。大路显然不预备有人行走，所谓的传说全都覆上了新一代的减震沥青。

母亲的眼睛很不好了，来到她身边的猫她竟然没有看见。那只猫是从沥青底下挣出来的，毛色昏暗，已经和夜色融为一体。母亲感觉到一团黑晕蠕动着向她靠近，十二分诧异，这怎么可能？怎么可能？到她只能接受这个现实的时候，她伸出手去，却发现那里无物，手拢起的是一朵全无重量的云。母亲觉得自己的手渐渐凉了，母亲说，我们烧一点纸吧，今年我们烧一点纸。猫的眼睛掠过一线灰蓝，那缺氧的火苗退缩着，渐细渐隐。

后来那只猫也消失了，再没有人见过那只猫，包括母亲。人们说，猫不会有二十年的寿命，即使是传说中的猫，它怕也是已经不在人世了吧。

那些过时的传说也随之日渐消失，时间本来十分强硬，能够泯灭一切，何况清理现场的并不仅仅是时间而已。

余下的只有一个垂暮的老人，夏夜里蹒跚在不知通往何处的大路上。飞驰的车辆是狂泻的河流，呼啸向西，呼啸向东，地面狂躁地震动，空气狂躁地震动。

她没有路。

狂躁的车轮不断飞驰而过，随时可能碾过她，让她消失。

2009 年 5 月 16 日

种子是不该磨粉的

……接着战争发生了。……彼得的牺牲。我的彼得的牺牲。他的阵亡。

随之我感到自己也死了。

——珂勒惠支日记

但事实上母亲是不能死的。活下去的母亲，就成了儿子生命的延续。这是一个比杀死母亲更残酷的延续。

从此以后你无从守望，生命从根部被截断了。如同流星委地，无论再有多少朗夜，从此无由升起。

全部母爱瞬息成为过去，成为世间最惨痛的记忆。生活是隔世的陌生，唯余下痛楚而已。你在生活之外活着，生命的枝条枯萎着延伸。

然而你无论如何要活下去，为了死去的儿子。

然而你无论如何要延续儿子的生命。尽管你的尽头是绝对的空无，而路程也绝对黑暗，你还是要活下去。

还有谁能代替你呢？

钢铁巨物像猛兽一样把你撕开，你就成了一爿鲜血淋漓的沃野。你想不到如此剧痛之后你还能苏醒，还能痛哭；你想不到你垂老的躯体内里，还有这般惨苦的温润。看着自己血泪流淌的方式，漫灌的方式，你明白了“地力”这个拙朴的词，你明白了你生存的义务。

有谁能承担毁灭以后的生存？

母亲是永不衰竭的。

悲恸，绝望，而且怀着仇恨的母亲，是永不衰竭的。

有一扇门在背后阖上，再也不会打开。当你扑向它的时候，它竟然是一堵冰冷森严的黑墙了。你捶打它，企图摧毁它，企图穿过黑墙拉回你的儿子。

你一直不相信那“砰”的一声是真的，你一再地看见时间倒退着行走，你像抚摩儿子的身躯一样，终日抚摩黑墙；夜深的时候依墙而卧，脸贴在冰冷的墙体，等待闻见儿子的呼吸。

你看见他睡在小床上，阳光用细碎的步子在他握紧的小手上移动，你俯身掀开他的小被，抱他，有一股暖暖的奶香气从他那儿溢开……

你看见他走在屋后的泥路上，五个爬在杨柳树上的孩子向他叫唤，他噘起嘴唇，目光跟着树梢的云雀转向田野，两只脚掌局促地互相搓弄，裤脚管上尽是泥点……

你看见他为他的学业和你争辩，院子里的落叶都因他的激烈而毕剥作声。你走进他的画室，有意把头转开去，他说他的色彩研究，你说你的基础练习。你看见他眼睫之上，有叶芽儿在月光下的色泽；你看见他心底的种子，在张开，并伸展出第一个枝丫，像你盼望已久的样子……

忽然，那扇门“砰”的一下阖上了。

钢铁巨兽辗轧过来。

他是一颗种子，他是应该播种的，他不能磨粉。然而他一下就被碾碎了。

他是一颗种子，饱吮地力，能把一个春季顶出地面。然而他一下就被碾碎了。

他是一颗种子，有无限的蕴蓄，有无限的可能，他正等待着向世界展开，世界也等待着向他展开，这是一个永恒的默契。

然而，他一下就被碾碎了。

母亲的创造如此柔弱，一滴水，一勺乳，一缕经你细细筛过的阳光。母亲的创造如此漫长，以至每一位母亲的眼睛，都是茫然无望和坚执希望调和而成的颜色。

你守望经年，那些焦渴，那些惊悸，那些无从言说无从理喻的痛觉，那些因明天的走近而泪雨迷蒙的日子……

母亲的创造是个体生命的创造，每一个母亲都是孤独的守望者，每一个母亲，都能从无边的麦田里，一眼认出自己播下的那颗种子。

无论人类怎样世代绵延，这一颗种子，都是不能替换的。即使上帝之手，也无权在一个真实的生命之上漫不经心地掠过。

对个体生命的敬畏，是母亲的宗教信仰。母亲以她天赋的信仰，注定是反群体的，反国家的，反强权的。

母亲操劳一生的创造；

钢铁巨兽反掌之间的毁灭。

一个人工作着，再工作着，但顷刻之间一切都化为乌有。谁来审判这样一场抢劫呢？

一切哲学都是关于死亡的哲学；那么，母亲是反哲学的。

还没等你从那堵黑墙底下支撑着站起，强硬的风就驱散了天际深浓的血色，把洗刷过的白云放送过来，轻曼地遮蔽了天空。谁会相信，这片明媚的天空之下，曾经发生过一些什么呢？

甚至连你捶打过也抚摩过无数遍的那堵黑墙，也悄然隐匿了。

你还张望他常走的那条泥路，现在是别的孩子在嬉戏了，生活理所当然属于他们，他们甚至不知道，这泥路曾经也属于另一个孩子。

几场天雨——如果没有天雨，人工造雨也是一样的——之后，谁还能从泥泞里分辨昨夜的血迹？日常生活的烦嚣劳碌是极粗粝的，甚至把弹洞也磨平了。

遗忘，这是生活安泰和幸福的必备前提。

你为儿子塑像，不是为了纪念，而是因为，你是一个不愿摆脱痛苦的母亲。

是的，你从来不曾冷漠地工作过，此时你的工作，更是日复一日地，使痛苦刻骨铭心。

当一切都在洗刷，都在弥合的时候，唯有你身上不能愈合的痛苦，是不能毁灭的证据，证明一个茁长的年轻生命曾经存在于世。你的痛苦，是儿子继续生存的唯一居所，就像他从前睡在你的怀抱里一样。

在你的血泪漫灌的一小片土壤上，儿子得以继续活着，即使被磨成了粉，也仍以种子的样子继续活着。

在一个善于遗忘，而且褒扬遗忘的世界，你一次次撕开伤口，使痛苦永远鲜浓。你知道，假如连母亲的痛苦也愈合了，儿子就真的消失了，他从来就不曾存在过了，一个生命的生长和夭亡就毫无价值。

遗忘，就意味着再次杀死你的儿子，你是一个拒绝遗忘的母亲。

你的工作进展很慢。你无力地面对塑像，你被摧残太深。你一遍一遍塑着儿子，还有谁比你更熟悉他呢？然而你总看到某个细部是模糊的，那是生死之间的屏障，你无论如何不能将它拂开。

黏土在你苍老的掌中有了体温，你茫然地摩挲着，一次再次看见一个倾覆的世界。人被巨兽追扑，撕咬，厉声惨叫，屈辱地俯卧地面，爬行。你看见死神头戴帝王的冠冕，挥舞权杖，身后是黑压压的食尸鸟，铺天盖地是嗜血的眼睛。

你看见一个母亲举起她的孩子，献出去——牺牲。

击穿儿子的枪弹一次再次击穿你，你整个儿被撕开，从肉体到心灵。

你无法对自己说，儿子是去了未来，他在那里等你。

你无法对儿子说，食尸鸟和云雀同样是上帝创造的生灵。

你知道未来是属于别人的了。而你在此间，还要代替儿子跋涉，沿一面孤绝的陡坡向上跋涉，攀登人永恒的黑暗——那是我们本来的黑暗，你已经不能冀望星辰的光明。

你说：这就是我的遗嘱了——不许碾碎要结果实的种子！

然而，人世间最悲惨的现实却是：你只能代替儿子执行你自己的遗嘱。用你垂老的身躯阻挡钢铁巨兽的辗轧；用你绝望的呼喊昭示生命的尊贵。

你抵御不住整个世界的毁灭，你感到衰竭。如果有一只手接过你的遗嘱，你必定会就此倒下去了。

然而没有。

你需要力量。你知道，唯有力量，能使你配做儿子的继承者。

你极度渴望有一只手伸过来，让你握住。然而没有。只有更多的死者和生者，等你把手伸给他们。

你就是那个提着一盏风灯，蹒跚走在荒原的母亲，寻找儿子，寻找无告的生者，寻找泯灭的死者。有一只飞蛾在后面跟随。

荒原竟是没有尽头的呵！

然而历史，所谓人类书写的历史，多少世代以来，只在鼓乐喧天的旃阶上展开。荒原是被省略的。廓大得令人心惊的荒原，那些草一样被烧尽，又草一样残缺地长起的人们，那些无声的死者与生者，是被省略掉的。

历史的遗漏总暗合着恐惧，暗合着淡忘，暗合着钢铁巨兽碾过的辙痕。

你以一盏飘摇的风灯走在荒原之上，倾听整个荒原的哭泣。

假使生命只是夜间的灯火，点燃起来又被吹灭，荒原也还是在瞬息之间被照亮过的，瞬间的照亮让人们看见亘古的苦难和哀恸。

母亲是唯一点灯的人。

死亡的背后不会一无所有。

你以你的一生反抗遗忘。如同反抗死亡一样，如同反抗强权一样，——反抗遗忘。

荒草茫茫。你衰老了。

珂勒惠支！你说：每当我要创作一个女人的形象时，在我脑际浮现的始终是一个看到世界苦难的女人。她凝视着世界，缄默不语。

1998 年 10 月 30 日

羊的社会及宿命

一

晚星带回了
曙光散布出去的一切，
带回了绵羊，带回了山羊，
带回了牧童到母亲身边。

古希腊诗人的田园诗画框中，这一派温煦祥和的风景，挂在人们心的影壁上，世代复世代，一幅永不褪色的风景。

……日之夕矣，羊牛下来……

相距遥远的东方诗人的画框里，也是这一派安谧的田园风景。王朝兴衰，河山易色，这风景的甜美却是永恒的，它平抚所有缭乱的世界和所有缭乱的灵魂。

理想国的构图其实十分单纯，无论古代的理想，无论现代的理想，无论上帝的理想，无论人子的理想。晚星，晨光，一个淳良的牧人，漫坡驯顺的羊群。假如没有羊群，晚星和晨光都是没有道德意义的，牧人也不能成其为牧人，因之理想国的根柢，尽在那漫坡驯顺的羊群。

羊是最早被驯化的牲灵，有一万年了吧？或者还要久远，与人类文明一样久远。相较于狩猎来说——无论是石器之猎，还是铁器之猎——驯化是更有序的，更有效的，更满足人的获取和征服欲望。是在驯化羊的过程中，人比照自身的梦想，才造出凌驾万物、统驭世界的神来的吧？神的来临，使人的社会得以整饬起来，完满起来，从幼稚而趋向成熟，从原始而进入现代。在驯化羊的同时，人也被神驯化着。人的驯化过程，被称作文明的进程。

现在我们不能知道，对这种驯化，羊们做过什么样的抵抗？多么长久的抵抗？但可以肯定的是，抵抗是发生过的，而且是普遍发生过的，至今牧羊人还握在手中的那根鞭子就是证明。然而驯化毕竟要比一根鞭子复杂得多。它是一种施恩，一种监护，一种诱使，一种规诫，一种组织……这是需要不断有所建构的高等的事情。

《圣经》中的民众总是迷途羔羊，于是上帝耶和华躬自作牧成为神圣的牧羊人。耶和华说，我必亲自作我羊的牧人，我的仆人也必牧群羊。一卷牧羊图由此浸透宗教意味，人们认出那些被称作牧师的，都是上帝忠实的仆人。

中国的帝王以“民牧”自称是洽切的，治理一方民众的官长，也就成了牧夫、牧伯、牧守、牧宰……于是，邑落相望，牛羊被野，千古传唱的牧羊曲里，是驯顺的幸福和恩赐的富裕。一派田园风光中，是其乐融融的群羊簇拥着它们的牧人。

二

上帝为了考验亚伯拉罕的忠诚，呼叫道：“亚伯拉罕！”亚伯拉罕答：“我在这里。”上帝说：“带上你的儿子，你所爱的独生子以撒，到摩利亚去。在那里我指定的一座山上，将他献为燔祭。”亚伯拉罕闻声忙碌起来，劈足燔祭用的木柴，备好驴，携上火种和尖刀，便带着儿子以撒动身前往上帝指定的地方。亚伯拉罕是一头好使的羊，他或者没有感受和思想的器官，因之没有能力悲戚与犹疑。但似乎也未必尽然，在背负木柴上山的路上，儿子说：“父亲！火种和木柴都备好了，但献燔祭的羊羔在哪儿呢？”亚伯拉罕的回答却是周密而机巧，并且意味深长：“我儿，上帝自会备好献燔祭的羊羔。”

接下去的故事是：亚伯拉罕筑起祭坛，捆绑了儿子置于祭坛的木柴上，举起尖刀刺向儿子。整一个过程亚伯拉罕都没有感情反应，他只是一个单纯的行动者。当然，相信上帝是幸福的，服从上帝是美满的，在最后一瞬必有上帝之手，拦阻了尖刀，并用一只迷路的公羊替换了以撒。一个圆满的结局，具有诱惑性，也具有训诫性：亚伯拉罕的虔诚换来了上帝慷慨奖赏，子子孙孙享用不尽。

一个多疑的、患有焦虑症的上帝，热衷于以最极端的情境试验信徒的忠诚，他是以施虐的设计来建构秩序。一个驯良的、心智残缺的信徒，不惮于以犯罪的极端行动来表达自身，他是以受虐的狂热来建立与主子的关系。亚伯拉罕是一个绝对的信徒，他以真信仰碾碎世俗的道德、情感、常识和品性。碾的时候他是痛的，战栗的，不碾的时候他是更加恐惧的。真信仰就是自我否定；就是以至高无上的意志取代个人意志；就是时时刻刻听到上帝的声音，不再听到旁的声音；就是服膺天地间万能的力量，所谓必然性和决定性，并相信自己无能为力；就是坚信耶和华的山上，上帝自有安排；就是一切皆已交出，包括个人的责任。

在摩利亚山上，那上帝指定的地方，迷路的公羊是羊，以撒是羊，亚伯拉罕也是羊。驯化的过程是一个试探的过程，煎熬的过程，攫取的过程，否弃的过程，一个施虐与受虐的过程，一个充满不确定性的过程，一个危险的过程。牧羊人和羊都各怀恐惧。为恐惧所驱使，于是，在献子之地，上帝与他的羔羊立下第一个约定。

三

动物学家一般认为，哺乳动物不擅于建立理性社会，而标准的社会性动物是蚂蚁和蜜蜂。在蚁穴和蜂巢那里，我们可以发现极其完美的理性社会建构，无论时光如何流变，始终岿然不动的社会机制和社会秩序，计算精确的生产方式和生活方式，组织严密的层级和分工，一个国家，一个共同意志，绝对的服从，绝对的尽职，绝对的摈弃个体自由和个体权利，直至绝对的自我牺牲。而哺乳动物似乎不具备这样的政治素质。或许是哺乳这样一种利私的养育方式，营造了个体生长的空间，由此造就的母子亲情、家庭伦理，这些血液里的东西，总是要与国家极权发生牴牾的。

极其意外的是人。迄今为止，最高级的、最完备的、最令人叹为观止的理性社会，恰恰是人这样一种哺乳动物建立的。这的确是一个奇迹。人能够成功地移植蜜蜂的伦理，蚂蚁的伦理，将人组织为社会性动物。人还能成功地利用个人的道德和家庭的道德，将人变异为理性的政治动物。

人的社会形态自然比蜜蜂蚂蚁复杂一些，多样一些，有国家是放大的个人的模式，譬如古希腊；有个人为缩小的国家的模式，譬如古罗马；也有君臣父子，直接在家庭伦理之上建立国家统治的模式，譬如中国；还有组织更严谨，设计更精湛，运转更流畅的某种现代社会，其现代性之光使大众深为鼓舞，却又使阿伦特、鲍曼之类的思想者深为忧虑。这种现代性因其高效而膨胀得极其迅速，蔓延得极其迅速，噬菌体一样，吞噬和摧毁也极其迅速。其迅速甚至令人来不及思索。

在这样一种现代性覆盖过的地面，人不再是人，而是社会大机器上的齿轮；人性不再是人性，而是高效运转的现代性；恶不再是恶，而是职业，是服从，是平庸；人所克服的是“动物性的同情”，所获得的是制度化的理性。一个组织到了极致的社会是无所不能的，包括实施骇人听闻的恶行。

在对纳粹德国的大屠杀事件回首探究的时候，鲍曼质疑了现代社会本身，他认为：“……大屠杀可能远不仅仅是一次失常，远不仅仅是人类进步的坦途上的一次偏离，远不仅仅是文明社会健康机体的一次癌变；简而言之，大屠杀并不是现代文明和它所代表的一切事物（或者说我们喜欢这样想）的一个对立面。”鲍曼的题目霍然就是《现代性与大屠杀》，他举起 X 光片，让我们看到现代社会机体中可怖的阴影。

四

羊到底是较为平庸的哺乳动物，羊的社会是由牧人建立的。在那里，牧人是立法者和管理者，这自然是重要角色，然而另一个同样重要的角色——守法者与合作者——却要由羊们来担任。我们看到，羊合作得很好，无论是膂力如何超群的羊，还是数目如何众多的羊，都乐于充当守法的合作者。人—羊的社会是非常和谐的，极其稳定的。从外界看去，牧羊人一根小小的鞭子，与千百之数的健壮的羊，是匪夷所思的力量对比。但其实这里并没有什么对比，它们是相互依存的，共同构成了一个社会机器，那根鞭子不过是社会理性的一个象征，就像人类社会象征逻辑理性的旗帜。

“羊性怯弱，不能御物”，这说的是驯化之后的羊，社会化之后的羊。在这一切之前，它们具有别样的生性。那些剑一般笔直的尖角，那些用于猛烈撞击的盘角，腿的速度，腿的弹跳，极为警醒的听觉，极为敏锐的视力，自幼漫步悬崖峭壁的生存能力，集群骤然奔跃制造乱阵的防卫方式，征服者亦慨叹其“尤狠健”的性情。

驯化的过程首先是获得的过程，组织完备的人—羊社会使其成员获得了安全，获得了温饱，获得了生息繁衍的和平环境。严冬时节，有早经备好的棚圈和丰足的干草，再不必于风雪之夜颠沛流离。产羔时节，有奖赐的福利和哺喂的保障，再无须为寻一席安全的生产之地而冒险攀爬峭壁。长长的栅栏，与其说是限制和剥夺了羊的自由权利，不如说是阻挡了狼的入侵，保护了羊的生存权利。每一个时辰都合理安排严格规范的秩序，与其说是令个体步步萎败，缩小，不如说是使群体日益发展，壮大。一个不争的事实是，只有在人—羊同构的社会中，羊才享有了前所未有的富庶和繁荣。

退化是无处不在的：角的退化，腿的退化，听觉和视觉的退化，声带的退化，跳跃能力和攀缘能力的退化，速度的退化，警觉性的退化，判断力的退化，选择权的退化……在达尔文的理论中，物种似乎总是在追求进化的，其实未必尽然，这些社会化的羊，却像是追求退化的物种。每一步的退化，都能卸掉一层古典的忧虑和烦恼，都能换取进一步的太平和舒适。社会的昌盛是一剂灵药，在体内任何一处有所剥离因之可能发生痛痒的地方，抚慰着它们。

与此同时，它们也在快速地进化着，紧紧追随社会化的效率，产毛，产乳，产肉，产羔皮，产温文尔雅的性情，产服膺律令的理性，产恪尽职守的品德，在社会化的训练中不断调整，不断适应。

现在，它们的视力是超越性的，在栅栏不完整的地方，它们能用眼睛看见完整，甚至在没有栅栏的地方，它们也能看见栅栏，并自觉止步于那栅栏。它们的听力也是不寻常的，当牧人刚刚轻衔草叶，它们能通过同伴的蹄音，听见权威的号令。成群地，宛若河床中的白浪，向一个目标奔涌，无论目标是丰美的草场，还是断崖深壑。目标不是它们的信念，成群地奔涌，绝不离群才是它们的信念。所以它们的信念是最为直观的，最为切实的，永不破灭的。与牧人的呼哨比起来，这种群体奔涌的情势，是更具有震慑力和裹挟力的。与牧人的鞭子相较，是更不可抗的。

有论者认为：群众不管需要别的什么，他们首先需要一个上帝。但其实在上帝之前还有着更要紧的：群众不管怎样需要上帝，他们首先需要的是一个群体，一个数目越是众多越给人以安全感和力量感的群体，而一个能够召唤大众、凝聚群体的物象，便是他们渴盼的上帝。

羊性好群，这是它们建立社会的条件，是它们获得上帝的条件，也是上帝得以建立其统治的条件。一个无力而且平庸的条件，为它们阐释了一种社会理想，在它们身上，演绎了许多宗教故事。

五

获得上帝是羊群的福祉，获得羊群是上帝的福祉。羊的道德，不仅完善了羊的社会秩序，更重要的是帮助上帝完善了人的社会秩序。

善，美，安详，随群，牺牲……羔羊跪乳，是至孝，知礼；群而不党，是君子之忠义，之仁德。替罪羔羊，是至善的象征，它鼓励人们寻找不幸的替代，受难的替代，将罪孽转嫁于无辜者，它诱使无辜者替世人赎罪，献祭，献身祭坛成一道人通往神的桥，成一个最先聆听神谕并传递福音的使者，因之是一个幸福的使者。

《圣经·启示录》中说到天国里被七道印严封的书卷，或者是至高的福音至圣的密约吧？一个大力天使大声说："谁配打开书卷拆开印呢？"天上、人间、地下没有谁能打开书卷，没有谁配打开书卷。这时候，走过来的是羔羊，看去像是被屠杀过的羔羊，从宝座上的主的手里接过书卷。即刻，狮面的牛面的鹰面的人面的活物以及众长老都跪在了羔羊面前，并齐声颂唱：

你配拿起书卷拆开七印，
因为你曾被杀，用你的血从各族、各方、各民、各国
为上帝赎来圣徒；
你使他们成为国民，并作祭司侍奉上帝，
他们将统治这个世界。

接着，成千上万的天使和天上、地上、海里所有被造之物都高歌

附和：

曾被屠杀的羔羊，

你值得接受权力、财富、智慧、能力，以及荣誉、荣耀和赞美！

愿赞美、荣誉、荣耀及能力

都属于宝座上在座的，也属于羔羊，直到永远！

像是对被屠杀的颂赞，又像是对屠杀的颂赞。颂赞之中，被屠杀就成了羊的宿命，羊的道德就在被屠杀中达到极顶。

东方的“民牧”同样予羊以慷慨的表彰——“羔有角而不任，设备而不用，类好仁者；执之不鸣，杀之不谛，类死义者……”背负苦难而不开口，忍受欺凌而不开口，无辜而被送上祭坛宰杀同样不开口，甚至连牛的觳觫也没有，被誉为“凛然就死”，这种哑羊的品德，令屠夫宽心，更令民牧宽心。

鲍曼在《现代性与大屠杀》中描述受害者对大屠杀的顺从与合作，写道：“他们的逻辑和理性是凶手计划中的一部分。……似乎上帝想毁灭某个人的时候，没有让他发疯，而是让他变得理性了。”“在这样的局面里，受害者的理性成了杀害他们的凶手手中的武器。也就是说，被统治者的理性往往是统治者的武器。”

弯曲至地的头颅——这是犹太人居住区里的诗句，也是令人惊骇的高效屠杀机器的一个注释。绝对的善和极致的理性，使受害者把自己的灭亡拽得更近。

六

阿伦特对大屠杀受害者的组织与合作的指摘，触动了一块无人触碰过的犹太人的疮疤，因之遭到了普遍的非议和攻击，以致失去多年的朋友。这在她自然是痛的，但更大的疼痛使得这些不成其为疼痛：那整个阴惨的历史中最阴暗的一章，那整个民族都极力掩盖的耻辱。她说："与其他民族行恶相比，自己民族所干的恶行，对我来说，是远远更加可悲。"

一场大面积的屠杀，不是数目有限的屠夫和屠刀所能完成的，它需要待宰羔羊大面积的顺从与配合。

沉默的目击者，清白的旁观者，无辜的消极苟安者……最终，逃脱不了杀戮的受害者。普遍的羊性纵容了普遍的罪恶。一如鲍曼所说："在很大程度上，犹太人自身就是即将消灭他们的社会场景的一个组成部分。"但这是很难看见也很难证明的部分。羊性的善是静的，在历史舞台上是无声的、隐没的、匿名的，只作为一幕惨白的背景，让人唏嘘悲悯。

历史的眼睛看见塞满待宰羔羊的列车，一列一列驶向奥斯威辛，但这双眼睛看不到，车轮之下那些横跨科瓦河的桥，很多是犹太工匠巧手制作的。他们的理性并不指引他们协助加害者，他们的理性只诱使他们选择此时此刻的生存。生存的希望是仅存的最后一线希望，它就成了最高目标，压倒了人性中所有的元素，成为唯一的元素。人们全部的想象力，都在这最后一线希望中张开，于是就有非常态的想象机制搭救他们。他们愿意相信毒气室是日常生活的浴室，去往死亡营的路是秩序中的重新安置；他们愿意相信，昨夜被处决的同类是因为身上有污点，与自身的清白有一个合理的区别；他们也愿意相信，今晨被带走的父兄是因为老迈病弱，与自身生存的合理性还有一个区别……自我保全的希望似乎还在着，他们宁愿选择沉默。

一群羊在头羊的引领下走向屠宰场，就像春日走向草场一样安详，恬静。头羊的安详，是一缕晨曦般的希望，最有效地抚慰了夜间有些噩梦的羊群。头羊是羊群中的长者，智者，组织者和领路者，行必居前，遇水则先涉，临险必挺身奋蹄。群羊有所信任，有所归附，因之将个体的责任卸在一处，堆成形态缥缈的集体责任。一只头羊的安详前行，胜过一百条鞭子的驱赶，紧相跟随进入一道栅栏，一个整饬的队列就抵达了屠场。

浓烈的血腥气是颇引起一阵惊恐的，但紧紧相挨的群体，数目庞大的群体，还有如常的太阳和清明的秩序，都有助于抚平这惊恐。我们常常止步于可怕事实的门槛，我们闭上眼睛，关闭知觉，关闭思想，这是一种自我保护机制，我们拒绝所视所听，因为我们不能反应。

比起狼群在野地里的攻击，牧人的屠场能毁灭得更彻底。在狼群的野蛮那里，我们缺乏的是抵抗的能力；而在人的文明那里，是连抵抗的意愿也消失殆尽了。我们不愿意引颈就戮，但我们更害怕离群的恐怖，更不能承当个人抵抗的责任。为此我们相信国家机器无与伦比的强大，相信必然性与决定论，相信挣扎和逃脱之不可能，之无意义，相信被宰杀是我们的宿命。我们是无辜的，无辜也意味着毫无责任。我们让知觉止步于蓝天绿草之中，但身体却是止不住的，顺着机械的流程，一个一个迈入屠场的门槛。而在那里，上帝并没有用别的祭品替换我们。

阿伦特指出，残暴的统治下的受害者在走向死亡的路上可能丧失了他们的部分人性。为此她备受责难，然而她是对的。阿伦特不同意犹太人根本不可能逃脱纳粹的屠杀机器这种观点，她认为，如果没有犹太人委员会的积极配合，有计划的大屠杀不可能达到已经发生的那种规模。屠杀上百万人竟只需要寥寥无几的凶手，这种荒诞的场景，足以剥露羊的道德的罪恶。指摘受害者不是开脱加害者，不是冷酷，而是试图让更多潜在的受害者警醒。

暴政之网究竟需要多么广泛的集体反抗才可能被摧毁，这样一个量化的问题怕是不容易求证的。但重要的是确实有人这样做了。少数人的反抗，证明了最为弱势的受害者也是可以选择的，群羊的道德之上，存在着更高的个人的道德。

七

还有一个亚伯拉罕的问题。

鲍曼如此写道："尚未从大屠杀令人心悸的事实中完全恢复过来，德怀特·麦克唐纳于 1945 年警告说，现在我们必须提防的是守法者，而不是违法者。""大屠杀颠倒了罪恶行径以往的所有解释。它突然昭示，人类记忆中最耸人听闻的罪恶不是源自于秩序的涣散，而是源自完美无缺、无可指责且未受挑战的秩序的统治。"

那个屠杀了上百万人的纳粹分子艾希曼，正是一个尽职尽责的守法者。耶路撒冷的审判为的是证明他令人发指的兽性，指认他是人性丧尽的恶魔。但阿伦特得出的是另一个结论：所有这些罪恶，恰恰是人类极权社会运作下的产物，这不是自外于人类的恶魔的恶，而是社会组织内里出产的平庸的恶。

艾希曼的例子可以看作一个极端的例子，但这种极端，有助于我们了解平庸，了解这样一种与我们整个群体最为亲密的东西，在某种气温和气压中，会如何孵化邪恶，又能将邪恶推进到怎样一个极致。

平庸不产生于狮虎鹰隼，平庸的面孔是弱者的面孔，五官浑糊，彼此相似。平庸起源于对群居社会的高度依附，起源于社会机器的强化，推进，个体机能的弱化，丧失。平庸隐藏在权威和集团的背后，平庸是匿名的，遁迹的，无从追究也从不承担的。譬如那个化名为“谁也不是”的希腊神话人物，用烧红的树棒戳瞎了巨人的眼睛，却无须承担罪名或者英名，受害者波鲁菲摩斯只得绝望地悲鸣：“谁也不是啊！谁也不是戳瞎了我的眼睛！”

如果我们要通过眼睛看见平庸，我们依然会看见涌浪般的羊群。羊辨识路向的能力低下，或者说是驯化了的羊群辨识力极大地退化，它们大体是盲目的，尤其是狂风来袭之时。它们瞬间作出的反应就是顺风而行。风徐则徐，风疾则疾，风骤狂则骤狂而奔。前方是什么，它们是不设想的；乡关何处，它们是不记认的；如何返回，它们是不负责的。它们忘情地，或者是被裹挟地，被胁迫地，在狂风中迷狂而奔，群的庞大有一种波澜壮阔的势态，有一种不可阻挡的激情。狂风必能在它们身上创造奇迹，它们看见了平日里看不见的自身的强大，它们发现了远远超出自我估计的体能，如注入了神力，狂奔数百里而不竭，直至风息处，已不知何处，兀见举群亡失。

比群羊更高一级的平庸是机器，国家机器或集团机器。机器越是巨大，部件越是繁复，越利于平庸栖身。机器运转起来大地震撼，可以高效地造福于人，也可以高效地杀人。然而所有的零部件都不是自主的，都仿佛身不由己，他们只是服从命令，哪怕是用尖刀刺向亲生儿子的命令。他们受到周围部件的推动，同时也推动周围的部件。永远行动着，却永远没有行为能力。每一个都在适应秩序，每一个都强化着机器的效能。而当追究责任的时候，我们只能看到拆散开来的一个一个无生命的齿轮，一颗一颗无价值的螺丝钉，一地没有责任能力的零碎，一堆以古典的善恶观不能辨认的平庸的面孔。

阿伦特提出恶的平庸，这是亚伯拉罕的问题，艾希曼的问题，更是大众的问题。她不是为恶魔开脱，而是对平庸的指控，为“谁也不是”这种恶行悲愤。她用一支手电筒，射向顺风而狂奔的群羊，射向散落一地的齿轮与螺丝钉，在这些永远不会被押上审判席的物什身上，照出恶的阴影。

八

设想一只公羊反抗了。之所以设想一只公羊，是因为假使为故事换一个主角，可能会令强壮的公羊感到羞辱。

在迈进屠场的最后一瞬，它突然停步，发出一声惊恐的啼鸣，用蹄子死死抵住浸血的门槛，并且使用了它的角。这对角有柔和的盘卷曲线，多少年来制造着濈濈然聚角而息的吉祥诗意，《诗经》中谓之“尔羊来思，其角濈濈”。这对角多少年来已忘却了豺狼，只在同类相争中还撞出过些许声响。现在它猛然记起造物予以它的原初意义，它以依稀记起的方式，撞向伸手拉它的屠夫，也即它熟悉的主人。

它拼命地跑。它突然发现主人的怒喝是可以置之不理的，密实的栅栏是可以突破的，而它的腿，虽然发生了极大的退化，其力量还是可以在奔逃中恢复的。

前面是主人的草场，四面八方都是主人的草场，主人的领地极其辽阔，它从未想象过辽阔之外的世界，然而它拼命地跑。

羊群一阵骚动。如果它恰巧是只头羊，引起的将是更大的骚动。

群羊被这突发事件惊呆了。群羊突然被推到一场审判面前，一场抉择面前，背过脸去是不可能的。行动还是旁观？啼鸣还是沉默？相信走向屠场的秩序，还是相信求生的自我选择？群羊被迫面对内心的骚动。

这时主人举起了枪。主人有枪。群羊熟悉这枪。它们从来知道，主人这枪是用于打狼的，是保护它们的，枪在群羊眼中撩起的是脉脉温情。但现在，主人举起了枪。主人必定举起他的枪。

于是，那只公羊被射杀了。

骚动平息下来，群羊平静下来。群羊平静地看着那只叛乱的公羊被射杀了，在群羊的眼里，它是注定被射杀的，它们庆幸那不是自己，庆幸自己此时此刻还活着，活在熟悉的人—羊社会之中。而浸血的门槛后面可能发生的事情，毕竟是后面的也可能不发生的事情。

是的，你们的处境非常不幸。或许仅仅是为了延缓更大的不幸，或许仅仅是害怕，你们选择了顺从，选择了与刽子手合作。阿伦特却毫不留情地指出："在政治中，服从就等于支持。"你们是受害者，也是合作者，你们用冷眼旁观支持了屠夫的暴行。

那只公羊被射杀了，反抗还是服从，结果都是一样的，它终究逃不脱被杀的宿命。但这只公羊也许比较天真，它不很懂得那世故的宿命。倒下去的那一瞬，它竟然看见：又一只公羊跃出羊群，又一只，又一只……栅栏一排一排倒塌，天地一环一环扩展，四面八方都是拼命奔逃的羊，全然无序的、四散奔逃的羊。尽管枪弹很凶，叛乱者一个接一个被射杀之间，一定有羊能逃出枪弹的射程，逃脱宿命。

2003 年 3 月 29 日

鸡的进化和幸福生活

今天不说人，我们姑且说鸡，这个话题轻松一点。

家鸡的祖先是野生原鸡，它是驯化的结果，这个过程有多长我不想考证了，因为有人的规划谋略，可能会比猿进化为人短吧。经过一代一代筛选、变异和训导，再孵出来的就是人所需要的家禽了。这是一个进化的过程，还是一个退化的过程？你不知道，其实我也不知道。并不是世界上的所有物种都在追求进化的，有些物种也在追求退化。就算是自以为一直在追求进化的人，其实有很多的机能同时也在退化。

驯化的方法现在很少人关心了，那是我们的祖先做的事，他们已经完成，我们只需享受成果。在我们的常识里，家鸡就是个自然的物种，生存的目的就是供给人做蛋用和肉用，现代人没见过野生原鸡，我们连区分原鸡的那个“家”字都省略掉了。而你呢？你记得你的祖先原初的生活吗？记得你们被驯化的过程吗？不记得。你的基因记得的也只是被驯化的结果。你一出世就是一只家鸡，你接受现实，野生原鸡的记忆在你那里全消失了，已经与你无关了。假如偶尔遇见那么一只，你会感到一种血缘的亲近吗？还是会生出敌意，认定那是个异类？别紧张嘛，这种可能性现在连万分之一都没有，只不过想象两只连外形都相去很远的鸡走到一起，好玩而已。

而我对驯化的方法有点兴趣，我能想到的有几种可能。

一是抓到一只野生原鸡，关到笼子里，也可能当时还没造好笼子，将就拿一根绳子，拴住原鸡的一只脚，绳子的另一头系在树桩上，这根绳子的半径也就相当于一个笼子。人在笼子里撒一些谷子或草籽。这些野性的家伙起先是不会吃的，它们肯定挣扎，有的挣脱了，展翅逃走了，有的挣不脱，绝食而死，这些背弃主流的家伙，就把自己淘汰掉了。也有一些不那么犟，它们闹过一阵，饿了，也就低头啄谷子了。人每天给它一点谷子，一点水，慢慢靠近它，抚它的羽毛，让它感觉到爱意，久了，它就习惯了，把笼子认作家了。人把它的翅子和尾巴的羽毛剪短，可能它会惊恐一下，但也没大碍，羽毛是没有痛觉的。

另一个可能的办法是在门前遗落下一些谷子，诱使野生原鸡们靠近。久了，它们知道这里能吃得比山林里好，就会常来这里。如果习惯了每天早晨这人家门前会有一把谷子，它们夜里也不想远去，便歇在这家门前的树上，把这认作家了。也有一些野生原鸡胆小，顾虑很多，不肯离开山林，它们就继续待在山林好了。有些鸡更在乎自由，有些鸡更在乎饱足，这点小差异本来不妨碍它们归属山林里同一个种族，人的手插进来，它们便分化了。驯化需要筛选，它们先进行了自我筛选。

所有家鸡最终都是要关进笼子里的。白天它们在外面跑，天高地广，在草地上寻找蚯蚓和蚱蜢，扇开翅膀扑来扑去，它们的体重成倍增长，翅膀倒缩小了，因为那东西用处不大，它们不需要飞远。天黑下来，它们就回到各家的笼子里去。主人把笼门关好，这主要不是为了防止它们跑出来，而是为了防御狼或黄鼠狼跑进去。笼子是保障它们安全的，就像国家保障人们的安全一样。夜的浩大太可怕了，夜间家鸡是不出笼的，即使赶它们也赶不出去，如果人需要一只鸡做肉用，就在这时抓了它绑起来，到了白天就不好抓了。

农耕时代的家鸡饲养法可以算是比较浪漫，温饱，安全，此外还有归属和爱——阳光，绿野，求偶舞蹈，母鸡领着自己的孩子。经由筛选和驯化，母鸡的产蛋量大幅提高，公鸡的实用价值较少，它们必须经过激烈的竞争才能活下来，于是它们的冠子越来越硕大健壮，毛色越来越鲜亮。人与鸡的温情故事会在这个时代发生，一只好母鸡成为一个农家的家庭成员，可能还有个名字，和这家的孩子玩耍，每天以蛋报答主人，孩子长大了，母鸡老了，孩子做一个纸盒子，把老死的母鸡埋在屋后的核桃树下。

温饱，安全，这些人的基本需求，鸡也需要。至于这之上的需求，对于鸡就是多余的了，是吧。至少人是这么认为的，你不吭声，人就认为他们正确。

现代化养鸡场是进一步的驯化，这一次可就由不得你们再做什么选择了。人类社会进入了工业化，鸡的饲养也进入了工业化。现在再称你们家鸡不太合适了，你们不生在农家，而是生在工业化的场房里，比较准确的叫法是工业鸡，但人们不喜欢这么叫，可能不想刺激你，更可能是想安慰他们自己。

流水线的生活你觉得怎么样，适应起来不容易吧，但有什么办法，你只能适应，工业化的场房之严密，绝不是农家的笼子可比拟的，你没有任何逃走的机会。你并不想离开群体，从一个小家到了一个大家，最直接的感受就是大家的壮观和强大。你从来没有见过那么多的同类聚在一起，成千上万，休戚与共的大群体让你感到充实。

现在你们住在高层建筑里，非常方便，饮水器定时自动送来饮水，饲喂器定时自动送来饲料，需要防病时会有疫苗，需要抗病时会有抗生素，住房、食品、医疗保障全是免费的，一样也不用你们操心。产蛋箱也准备好了，产蛋的时候你就到那个象征私密的箱子里去，产出的蛋会自动落到拾蛋槽里。天高地广是没有了，但你想想看，风雨雷电不是也没有了吗，强大的场房显然更安全。何况人会用灯光补足日照的时间，促使你们长得更快，人会用现代化的计算，调控好温度、湿度、通风，让你们活得舒适，不再遭遇外界的变乱，以及每年的高温、高寒。你吃饱了，生存权的第一要义就是吃饱，你实现了。看看自己体形的变化，你就知道富足是什么样子。

曾经有一个流行的词叫自由，现在有一个时髦的词叫幸福感，其实这些词都含义不明，白白在心里制造骚动。从前人们喜欢用空洞的画面来注释这空洞的词，蓝天，白云，飞鸟。现在他们的画面也换了，变成了房子，车子，竞相奢华的物质。

你真会以为蓝天上的那只飞鸟跟你有关系吗？你是有翅膀，但你早就飞不动了，也不想飞。那种画面也就是一瞬间的漂亮，蓝天上还有老鹰呢，画面裁剪了而已。就算这天没遇上老鹰，飞鸟的生活也并不像想象的那么诗意，飞是一件苦事，不是为了迁徙，就是为了觅食。所谓自由只是一种浪漫诗人的误解，你有越多的自由，就有越多的事情要靠自己，你独立了，孤零零的，对付得了那么多麻烦吗，千辛万苦飞上无数次才能做个小窝，还没有上盖，下雨的时候伏在窝里又冷又湿，只能用自己的羽毛做屋顶护住孩子，还得提防有蛇在时时窥视。你的遗传基因里是还记得天空，可是你要天空做什么呢，你既不需要做候鸟迁徙，也不需要远途觅食，只为看一眼空空洞洞的天蓝，吞服一口新鲜空气，却要那么高的代价，就算我觉得有趣，你也会觉得不值。

只需删掉天空，日子就太平多了，心里也安稳多了。你接受了大场房的规则，也就有了静好的现世。

不太习惯的是居住密度较大，活动空间太小，大地和庭院也消失了，甚至没有放风时间。这点你们对主人确有不满，但你们没什么机会见到主人，你们便转为互相抱怨。你的脚还铭记着祖辈遗传的动作，但那些动作已经没什么意义了。楼板是铁条做的，为了便于清洗，按设计采取通透的格式，你不可能从这里扒拉出谷粒或者蚯蚓，奔跑也要注意铁条的格式，提防踩空。其实你也没什么必要奔跑，饲料自动就来到你面前了，没有风雨来袭，又没有求偶的节目上演。你的脚还记得从前怎样抓住树枝，现在铁条正好代替了树枝，用不了多久，你的步履就会习惯规范的格式。

牢骚肯定会有一点，你们终日聚在一起，又闲得很，一会儿想起蚱蜢的滋味，一会儿想起菜青虫的滋味。你们不知道现在的工业饲料是怎么做的，添加了什么怪东西，虽然营养齐全没有疑问，只是口味到底单调一点。开明的主人自有雅量，会容忍你们的牢骚，红线是你们不要集体绝食，他下来巡视的时候会挥手安抚你们，更会给你们反复播放花好月圆的曲子。

说你会造反就太荒谬了，这种谣言属于草莽野鸡的思维方式。造反对你有什么好处，主人是你的庇护者，他那么强大，整个世界都在他的掌控之中。你挣脱他跑到外面去，能有温饱等着你吗？你已经没有野外生存能力了，不是冻饿而死，就是被狼狗拖去咬死。难道你还能退回去做野生原鸡吗，现代世界到处车水马龙，哪里还剩下什么山林？

况且也不可能有一只鸡跳上高台煽动起事，场房里每一层都空间低矮，根本没有什么高台，没有一只鸡与众不同，有特别长的脚或颈子。遗留一点好事基因的家伙都被筛选掉了，你们都是从同一个孵蛋机器中孵出来的，你们习惯了现实的秩序，相信再坏的秩序也胜于没有秩序。

你和所有的鸡一模一样，没有名字，没人有兴趣认出你，但你的归宿感是明确的，你认同这个大型饲养场，感戴生活的富足安定，感戴饲养你的主人，想到自己从属于一个强大的共同体你就情绪高亢，即使你的义务是流血牺牲。族群的自豪这种东西，我以为人才需要，原来鸡一样是需要的。

现代世界总有许多奇迹发生，我们的想象力就是飞起来也追赶不及。你不知道生活还将怎样提高吧，对你的幸福感这件事，主人比你有更多的操心。

有专家发明了“盲鸡饲养法”，试验证明盲鸡的幸福指数高于普通的鸡，它们完全不介意阳光和天空，也不介意居住的拥挤。它们更少痛苦，更多满足，失明其实是给予它们的一种人道主义。自由和幸福是两回事，自由是危险的东西，幸福是稳定的东西，在自由消减的同时，幸福感完全是可以增长的。

更先进的方案是摘除鸡的大脑皮层，阻断它们的感知能力，同时又保持它们脑干的完整，这样它们长得更快，自我平衡的器官都继续发挥作用。这个方法彻底消除了鸡的痛苦，也更好地解决了越来越紧迫的居住空间问题。

那个垂直化养鸡场太有想象力了，一个神奇的矩阵，非常便于操控。那也叫“无头鸡饲养场”，摘除了大脑皮层的鸡可以叫作无头鸡，它接着被塞进一个刚好合体的塑料套子，一条特制的管子连接它的嘴，输送水、食物和氧气，另一条管子直接清除排泄物，保证单身小套的清洁透明。这个设计的伟大意义是开发天空，无数的塑料套子结在大铁网上，巍巍然向天空升起，展现出一个王国无限的远景。重新看见天空你很惊奇吧，你独自吞咽你的惊奇就可以了，你的嘴束在管子里，发不出声。虽然你的翅膀与天空无关了，但完全不用担心它们会退化掉，因为非常多的人需要烤鸡翅，为了补偿它们缺乏运动，主人已经安排好电击法锻炼它们。有人说，进入这样的养鸡场，脚就完全多余了，也应该除掉，这个说法缺乏调查，其实还有许多人是喜欢卤鸡脚的。

世界上还有没有野生原鸡呢？你想。这个猜测让你很累。——实际上你还会不会想？这个猜测也让我很累。你挂在空洞的蓝天里，成为伟大天幕的组成部分，食道充实饱满，你睡着了。

2012 年 4 月 24 日

门

说到“五四”，自然会想起几十年来总贴在它身上的两个定义：一为爱国运动，一为新文化运动。这是两种不同的价值取向，两种不同的传统，两种不同的阐释，相去实在遥远。我这里说的是后者。爱国这出戏，数千年来岳飞、文天祥们也唱得好，及至成为“运动”，也有义和拳之类的先行。“五四”之为“五四”，必得有别一种不同以往的意义。

“五四”时代有一个易卜生的戏《傀儡家庭》深入人心，我们现在读的本子，还是当年潘家洵先生的译本。出走的娜拉以及全剧最后“砰”的一响关门的声音，几乎成为那一时代的象征。新女性从家庭出走，新青年从旧世界出走，知识分子从传统文化出走，都是那么充满激情的，义无反顾的。十九世纪的挪威诗人写下那么一个形象，据说原先并不为号召妇女解放这些事，他自称不过是作诗。然而正因为是诗，其象征的意蕴便无穷地大，以致穿过遥远漫长的空间和时间，在古老得失去了时间刻度的中国，竟点燃了青春之火。

“五四”人物胡适先生论及新文化启蒙时认为：新思潮的根本意义

只是一种新态度，那可以叫作评判的态度，而“重新估定一切价值”八个字，便是其最好的解释。这令人想起娜拉对其丈夫海尔茂所说的：“咱们必须把总账算一算。”新青年们、新女性们、知识分子们——这也是新的，在此之前，中国只有士或儒生。知识分子，这样一种以社会批判为己任的自由人，是现代社会的产物——在“五四”时代所做的正是“把总账算一算”的事，对国家，对社会，对漫长的封建专制，对专制所衍生的文化传统，对道德伦理，对宗法秩序……来一个总的清算，“摧廓而澄清之”。正是这种今日被指斥为“激进”的冲决之势，在石磨一样往复轮转的历史中，凿出了时间的刻度，为垂老的国度打开了现代之门。

与欧洲启蒙思想相一致，“五四”启蒙思想的支点之一也在于“立人”。此一支点，无论在当时或后来都备受攻击。就像娜拉与其丈夫就家和个人问题展开的那场争论一样：统治者海尔茂认为，娜拉最神圣的责任是对家庭、对丈夫和儿女的责任，她无权扔下最神圣的责任。但被统治者娜拉却回答说，我还有别的同样神圣的责任，那就是对自己的责任，首先我是一个人——至少我要学做一个人！海尔茂企图让娜拉相信，家庭是他们共同的家庭，他们应该在“爱家主义”之下和解，重新回到长幼尊卑的和睦的秩序上去，这是颠扑不破的真理。但觉醒的娜拉不信这真理，她说这是生人的家，就她真实的体验来说，多年来她在这里就像个要饭的叫花子，靠给统治者要把戏讨生活。海尔茂拿出当家人的口吻教训说，你不了解咱们的社会。娜拉不屑于这种权威的教训，说，我真不了解，我一定要弄清楚，究竟是社会正确，还是我正确。“爱家主义”和“最神圣的责任”都未能阻挡这一场反叛行动，要求个人权利的个人主义者娜拉走了——“楼下砰的一响传来关大门的声音”。

如果“五四”的出走也如此简捷浪漫，在叛逆者“砰”的一声摔门中胜利落幕就好了，但中国的事情却烦难得多。1919 年鲁迅先生的文字里同样有一个门的比方，自然就比北欧的诗人沉重得多——“自己背着因袭的重担，肩住了黑暗的闸门，放他们到宽阔光明的地方去；此后幸福的度日，合理的做人。”这样一种出门的方式，实在颇为惨烈。然而以中国的现实，还是见出 1919 年的鲁迅先生过于乐观。“五四”一代人肩住黑暗的闸门的牺牲，究竟是不是放出去一些什么到宽阔光明的地方，至今还是疑问。1923 年的鲁迅先生就另有一篇名文《娜拉走后怎样》，文末就显得颇为悲观了：“可惜中国太难改变了，即使搬动一张桌子，改装一个火炉，几乎也要血；而且即便有了血，也未必一定能搬动，能改装。”就算有“五四”式的激进，又有多少韧性者能毕其一生去肩住闸门？

娜拉走后怎样？鲁迅先生说到通常的两条路：堕落，或回来。实际上先生自己还给出了第三条路：要经济权。也就是说自立的权利，个人生存的权利。然而这不比群体的生存，群体的生存是海尔茂也要的，倒是容易。而个人的生存，也就是独立的自由的生存，却是一条太难太陌生的路，多少新女性们新青年们知识分子们走着走着便颓然思返。毕竟，回去的路是熟的，熟的东西是有魅力的。更何况权力者和“爱家主义”者海尔茂，随时欢迎重新变成小鸟儿小松鼠儿的娜拉回来。

由“启蒙图存”的新文化运动而变为“救亡图存”的爱国运动，也就是一条回家的路。娜拉曾幻想过一个“奇迹中的奇迹”，那便是她在从前的家中获得个人的权利，但她又不相信那奇迹。她是否还设想过另一种奇迹，在“砰”的一声摔门之后，海尔茂追出来说：“啊！我和你一起走！”然而这太离奇，太不符合统治者海尔茂的性格逻辑。倘真的如此，也并不值得惊喜，海尔茂不过是把家带了出来，娜拉依然还是小鸟儿小松鼠儿，依然是毫无尊严地苟活在一个挪动了的家里。

1999 年 4 月 6 日

书的灰烬

一

文字得以记录下思想，记录下人的历史与现状，并且因其记录的丰富和庄严，需要装订成册而存留的时候，书就算是被生下来了。

人类尝试过的书写材料很多，比如古巴比伦人刻写楔形文字的黏土平板，中国人的甲骨、钟鼎与石鼓，及至后来出现过的铜片、玉版、羊皮等等。然而这些不能是书。所以不能，并非由于携带与装订之类的问题。我想，书是那样一种东西：张开是飘扬的，合拢是凝重的；质地是脆弱的，灵魂是坚执的。如同那些在人类历史上留下星点痕迹的著书人一样，书的本身，必有一种天赋的悲剧气质。

由是我想，它只能是另外一些材料的集结：纸草，贝叶，竹简，绢帛……后来，是我们今天众所周知的——纸。

二

现在我想知道，火是一种什么样的元素？

伏尔泰曾在他的实验室里反复试验火的重量，他的设想是：既然火是一种元素，它就该是有重量的，没有人可以掂量出火的重量，但他有理由期望通过燃烧物的重量推测出来。后来他放弃了他的设想，就他全部的试验结果，他写下的是：

“我亲爱的阿比，我们遇到的全是不确定性。”

因为火的不确定性，人类命运的不确定性便显现了，何况寄居于不确定之舟上的，那些更为不确定的灵魂。

没有人测度过，农家灶膛里驯良的火，荒草坡上跳跃的火，还有火刑柱下暴戾的火，有着怎样不同的重量。但有什么必要测度呢？我们从自己胸襟的热度和肌体的灼痕已然明了一切了。

假如普罗米修斯的结局是被绑在火刑柱上，我不知道人们面对火焰是否颤抖，是否会泯灭他们对自由的渴望？在此我们遇到一个悖谬：火是自由的元素么？火是威权的象征么？火在一些时候照亮了什么，在另一些时候，却吞噬一切，而遇难的生物却不由自主地紧闭双眼。

过往的一切沉积在我们脚下。

当干燥的秋风把历史的余烬吹起，如浮土一样扑满我们周身，我的判别是不确定的。

然而，我所确知的是，余烬下面必定有佯死的火种，一经风的拨弄，便会在现实中重燃起来。而那不确定的火焰，将迫使我们重新面对。

三

在火的面前，书是羸弱的。

火焰通天，而书们一律沉默着，如待毙的羔羊。此时天地之间充斥着的，唯有火的暴戾的呼啸声。

被投入火堆的卷册，几乎即刻之间就蜷缩起来，只抽搦了一下，便被火焰淹没了。有时在它蜷曲的瞬间，我们似乎可以看到那里渗出几颗圆润的水珠，而这对于火海来说，完全没有意义。蜷曲的躯体之上，火苗照样奔窜出来，有时是宝蓝的，有时是橘红的，有时是翠绿的。极其明艳的惨厉，其明艳的程度，于人的视知觉过分奢侈。

焚书的火海，最有效地装饰了威权冠冕上的光焰。无论是神权，王权，征服者和专制者之权，都需要妆以威慑的光焰。那光焰需要臣服，需要仰望，需要一片颂扬之声。

于是，把书——那些异词、异见投入火海，就成了极权者登基的仪式了。王的冠冕金碧辉煌。

喽啰们热火朝天地向火海里投着，投着……这些书，这些该当灭绝的书经多少世代传存下来，它们真是多呵！竟能形成通天火海！谁能保证，这令沉默者惊恐的火海，就不对征服者造成另一种威慑？谁能保证，此时此刻，倚着权杖的那个躯体，不会暗暗颤抖呢？

四

“阿剌伯人攻陷亚历山德府的时候，就烧掉了那里的图书馆，那理论是：如果那些书籍所讲的道理，和《可兰经》相同，则已有《可兰经》，无须留了；倘使不同，则是异端，不该留了。”这段记录摘自鲁迅先生。

焚书者的理论总是简捷明了的，斩钉截铁，不容抗辩，总是有一种神圣威严的王者气象，再加上一种维护神圣的信徒情味。

秦始皇的理论是：“别黑白而定一尊”。既然完成了“六王毕，四海一”的伟业，统一了国家，统一了文字，统一了钱币、车轨和度量衡，那么，进而统一言论以至思想，在征服者和归顺者看来，就是天道之内的事情了。

罗马教廷的理论是：铲除异端，消灭邪恶，宣讲信仰，培养道德。教皇的权力至高无上。非但理论简捷明了，异端裁判所的审讯条例更是简捷明了的：“……四、一切有利于被控告人的证词都不能成立。任何从事有利被控告人的活动，都要予以最严厉的惩罚。……六、被告可以不经审判便予以处死；……七、被告认罪后，如又翻供否认，即不再审讯，予以火刑……”

还有希特勒的理论：“今天的任务是造就一代新人。”“阻止一个民族的精神堕落到愚蠢和贫困的状况，这是国家领导人的职责。这一堕落趋势必将在某一天结束。”希特勒的文化革命目的，在于确立一种新的德国文化，重新塑造德意志民族的灵魂。为此，“清除有传染危险的霉菌”便是必不可少的了。纳粹宣传部长赞美说：犹太和知识分子的帝国时代已一去不复返了。灰烬中，一种新的精神诞生了。德国人民的灵魂可以再度表现出来。

面对这样至高无上的理论，任何申辩的言辞都自然枯涸、粉碎。人是不可能对铁墙说话的，何况是金碧辉煌的铁墙呢？任何话语一经碰上铁墙，就会子弹一样反弹回来，堕入污泥，或击毙言说者自己。

于是诗人海涅写道：“哪里烧书，哪里接着就会把人也扔进火堆。”

五

我们总记得在我们人类文明的历史上，曾有许多的言说者被扔进了火堆，虽然我们说不出他们所有的名字，甚至说不出他们的确切人数。这些言说者的不幸是由于他们言说的是个人的思想，而非钦定的思想。事实上人用不着多强的智力就可以明白，唯有浸染着个人的感怀，刊刻着个人的灵魂的思想，才与思想这一词汇的本义是相称的。思想者把思想写在脆弱的纸页上，也就是把个人脆弱的生命放置在风暴必经的路途上了。

茨威格在其《异端的权利》一书中，为我们描述了一次十六世纪的火刑，被焚者是塞维特斯和他的著作、手稿，他的罪名是渎神。而在此之前，他的模拟像和他的被控为异端的著作《基督教的恢复》，已被当众焚烧过了。

> 铁链挂在火刑柱上，并在柱子上和这不幸的可怜虫消瘦的身体上绕了四五周。刽子手的助手在铁链和身体之间塞进书和

> 手稿，……最后，在受难者的额上戴上用硫黄浸透的树叶冠以表嘲弄。……
>
> 当火焰在塞维特斯周围升起时，他发出了如此可怕的喊声，……火焰立即盖住扭曲的身体。……之后火灭烟散，在灼热的余烬之上，贴近烧黑的火刑柱的地方，留下一堆乌黑的、令人厌恶的、烧焦了的东西，一堆使人恶心的、已全无人形的胶状物。那曾经是一个有思想的尘世的动物……

如此恐怖的虐杀，竟然可以在人类的文明史上一次又一次地发生；那些标点着人类灵魂之光的思想者，竟然可以在众目睽睽之下，一次又一次地被焚烧成乌黑的胶状物；这是人类的耻辱。

尤其令人悲哀的是，把塞维特斯送上火刑柱的凶手加尔文，曾几何时竟也是一名异端，一名自由思想的倡导者，一名热情的宗教改革家，在他自己受迫害的日子里，曾经愤然谴责过火和剑的残忍，呼唤过每一个人阐述的权利。而当他终于拥有了权力之后，革命就经由他的手被控制住了。思想一旦附着于权杖，就丧失了使思想之所以成为思想的魂魄——独立和自由。以一种思想的名义，把一致服从强加于全民，此时作为一个曾经有生命的思想者，已经死了。

专制独裁的统治者加尔文，以其严酷的意志建立他所需要的新秩序。他必须开始消灭异端了，尽管就宗教改革运动的基本精神来说，“异端”这一概念本身就是荒谬的；尽管加尔文自己曾经亲笔写下过：“把异端处死是罪恶的。用火和剑结束他们的生命是反对人道的所有原则的。”现在，他悄悄涂改了自己的著述。因为现在至高无上的是秩序，而不再是人道原则和思想自由了。他的理想如此崇高：把日内瓦改造成尘世上第一个上帝的王国。这是一个没有污染、没有腐化、动乱、堕落和罪恶的公社，从这里辐射对世界的拯救。

所有的罪恶都是在如此崇高的理由之下完成的，以致追随者、服从者、人民大众，竟不以罪恶为罪恶；以致人们竟可以如此冷漠地围观虐杀，而任由人类的思想史和文明史上，留下焚书的灰烬，自由思想者的惨叫，还有乌黑的、全无人形的胶状物……如同耻辱的疤痕。

六

构成人类文明的无数珍藏，其实有许多是从火焰的跃动中来的。只需想象一下，炉膛边上，一个肃静的人用膝头支撑双肘，抱住沉重的头颅，一动不动注视火苗的形象，我们就会明白，人类多少杰出的思想，正是火焰所催生的。但是，我们不能想象在焚书的火堆旁边，一个人可以支撑着头颅肃静地思想，那时候整个世界是狂躁的。一个狂躁的世界是群体至上的，它总是以猛烈的和更猛烈的运动，席卷或摧毁个人。

1933 年 4 月，德国纳粹当局开始在报刊上公布德国和外国作家的禁书目录，宣传部的清单列出一百多名作家，一万二千余种书籍。马克思、爱因斯坦、亨利希・曼、托马斯・曼、雷马克、茨威格、杰克・伦敦、纪德、左拉、弗洛伊德、普鲁斯特……简言之：凡是“对我们的前途起着破坏作用的或者攻击德国思想、德国家庭和德国人民动力根基的任何书籍，都得付之一炬”。

5 月 10 日，一场“强有力的、伟大的和有象征意义的”焚书运动开始了。成千上万的大学生、希特勒青年团员、冲锋队员，举着火炬进发，纵队的首领是柏林大学的著名教授。这样一个队伍，唱着歌，点燃了广场上焚书的火海。柏林、波恩、法兰克福、慕尼黑、纽伦堡……的夜空，被炙烤得通明。

大学生！大学教授！焚书！与冲锋队一同焚书！在今天，我们读到历史的如是记载，不禁为之愕然。

但细想一下，难道我们有资格愕然么？难道我们可以忘记我们自己曾怎样地被类似的狂躁席卷过么？举国上下、万民欢腾的狂躁之夜，并不由于我们背过脸去，便会从一个民族的心灵史中消失。

罪恶的发生常常让人感觉是一种恩典。焚书的同时，另一部分作家艺术家领受到的恩典同样令人们愕然。建造画室，赠送别墅，颁发奖金奖章，加封教授头衔，希特勒的国家财政预算中，为“繁荣艺术创作”的投入之高，是德国历史上前所未见的。以致戈培尔先生实在有理由说：“今天的德国艺术家比过去任何时候都要自由得多，无拘束得多。他们正在心情舒畅地为国为民工作着……国家社会主义已经完全得到德国艺术创造者们的衷心的拥护，他们是我们的人，恰如我们是他们的人……”

艺术家们心甘情愿让人在他们脖子上套上轭，并且受宠若惊地亲吻那金黄的轭。而人民大众呢？人民大众则在为德国的新艺术鼓掌。

人的本性里深埋着一种融入社会、融入人群的渴望，就像惧怕痛苦，惧怕责任一样，人多半是惧怕天赋自由权的。这种卑琐的惧怕招致“救世主”的一再降临。每当此时，宗教狂热便卷地而起，千百万人翘首仰望，感激涕零。此时他们甘于服从听命，甘于自我牺牲，甘于被奴役被蹂躏。他们由衷地感叹救世主的高大，而忘记了这恰恰是由于自己一直跪着。

于是，“怀着激动的心情，怀着一种真正的幸福感，人们的脚步穿过德国艺术馆的广大空间”的同时，成百上千的作家艺术家遭到监视、陷害、逮捕、刑讯、公开或秘密处死，成千上万的文化珍藏被抛入火海。

七

更为可耻的是，今日已被冠名为本世纪“大师”的哲学家海德格尔，也站在狂躁的焚书行列里。

我不知道这位海德格尔，这位致力于说出存在的意义，使存在达到敞开、澄明、照亮，并且闪耀诗性光辉的大师海德格尔，置身罪恶的火海旁边，观赏着爱因斯坦们的著作痛苦地蜷缩、悲泣，而后化为灰烬的时候，他是如何赋予此在以诗性或美学精神的。关于这一点，他的著作中没有提及。他的著作乐于阐述的问题是“人，诗意地安居”。而是否可以“安居”于火海？这不过是一个形而下的问题。

纳粹党焚书的理由，是以人民和国家的名义。无论这个名义是由谁，又是怎样授权的，一个自由思想者，或说一个哲学家，站在这样的名义上，都是荒谬绝伦的。

思想者与世界的对话，只以他个人的名义，一旦假以别的什么名义，个人就消失了，思想者就消失了。正是借助那些非个人的名义，个人才有了推脱本应由他一力承担的责任、苦难以及罪愆的借口。那些硕大的名义，常常不过是权力的代称，凭借它们，一种思想就被强加于一城一邦，成为思想的暴力和专制。接踵而来的只能是恶行。

半个世纪以后，论及海德格尔的哲学思想，有学者认为其内中隐含了一种权力主义的倾向，甚至认为其语言也受到纳粹语汇的影响，与那个极权时代的用语相呼应。这些或许可以长久地算作学者之中的未定之论。但另一个事实是，海德格尔始终是一个忠实的纳粹党员，他忠实地把党费一直交到柏林被攻克的那一天。忠实的党徒而“诗意地安居”——姑且不论是“党”的诗意还是个体生命的诗意——如果是可能的，那么，忠实的党徒而同时是一名自由思想者，却是不可以想象的。

也许是有感于“在”的悖谬，海德格尔告诫日后他的传记作者说：有趣的是他的著作，而不是他的生平。

我们可以想见，这位大师和言说者，在说到“著作”一词时是怎样地动容。只是他必须忘记，另一些著作连同著作者们的生平，是怎样被投入火海的。

任何一位知识分子，对自己的时代如何使思想衰败到最低点的过程，都负有责任。任何一位知识分子，在狂躁的时代里，都有义务摆脱集团思维的模式，回到纯粹的个人立场。

那一场焚书的烈火烧过之后，的确仍会有思想在极权的焦土之下生长，但那是另一种生长。犹太作家威塞尔的描述是准确的：

> 而思想，无声又荒凉，在尸体间摸索着它们的道路，穿过泥沼与鲜血……

八

焚书的火光我们是见过的，1966年。在闹市街头，在学校的操场，在作家学者蛰居的楼道深处，在平民百姓的炉膛里……

我们的手摩挲着书脊、书页。有一些书钉锈了，微微凸起锈黄的斑痕；有一些封面磨损，曾细心粘贴过的；那些被一双消瘦的手一页一页裁开的毛边纸，让你想象这双手举到口边呵气的夜晚；那些简陋的书签、折页，以及铅笔或钢笔留下的阅读痕迹；还有……那些曾在人的神经末梢擦过，在人的心脏一带穿过，并留下痛感的文字……它们对于火来说都是一样的。火苗从那里舔过，跃起，色彩炫目，然后是袅袅的青烟，什么内容也没有，消逝了，然后是灰烬。

焚书的火焰同样是热的，狂潮更是红色的。人们在火焰旁呼喊炽热的誓言——“扫荡一切封资修旧文化，开创无产阶级新文化的纪元！”人们总是愿意相信，新世界必定要从火与血中诞生。于是为了寻求新世界，人们制造火与血。

自此，“火烧”就成了这场“革命”的一个主要象征了。

事实上，我们在这场“革命”中看到的焚书，大半是出于自觉的，固然这里有胆怯者的自觉，有无知者的自觉，有作恶者的自觉。还有一种自觉，我不知如何表述，比如一位大学者、诗人，竟在一个庄严的会议上如此宣告：“拿今天的标准来讲，我以前所写的东西，严格地说，应该全部把它烧掉，没有一点价值。”毕竟，海德格尔焚烧的是他的前辈、同行、异己的思想者，而我们的学者和诗人，更进而要焚烧自己。

于是，几乎没有抗议的声音。即使许多年后，我们返回头去，在灰烬中和缝隙中寻找，我们仍是失望的。也有一些呻吟，但很快就自己抑制住了。在一次又一次的“荡涤”和“火烧”之中，中国知识分子的配合程度，总是令人费解的。他们默默地在人群中间低头；默默地在墙角里烧自己架上的书，案头的手稿；默默地检讨自己的个人主义，自由主义，以及种种与时代狂潮不甚合拍的主义；默默地发誓要忠诚，要认真改造自己。

当知识分子争先恐后地加入某种统一的思想，进而用言说去加固那思想的时候，所谓纯粹的个人立场，就成了万众唾弃的魔怪，所谓自由思想，更成了万恶之源。连被讨伐者本身，也加入了讨伐者的纵队，一个民族的理性就丧失殆尽了。通红的天空之下，触目都是火焰的舞蹈。有层出不穷的革命理论，然而，思想者缺席。

九

当罗马教廷焚烧异端的著作时，一名旁观者对拨弄火堆的修道士说：“若路德的书的灰烬吹入你眼中，你就会看得更清楚了。”

人们的确有理由相信，即使这些灰烬，也是有生命力的。灰烬的记载比惯常的记载要强烈得多。

纸和印刷术堪称人类迄今最伟大的发明，它使思想飘扬，如风中的蒲公英籽实自由飘扬，使空气灵动，流布着生命胚芽的潮湿。

时至今日，人们并没有为书发明一种抵御焚烧的办法，这不是书的悲哀，而是焚烧者的悲哀。从根本的意义来说，对于思想的播散，火的剿杀能力，是太虚弱了。

思想者在纸上留下思想的踪迹，如同蓟草在大地上留下生长的踪迹，这是生命自身的事实。因其无关乎荣辱，无关乎利害，所以不可能遏止。

站在大地上，吸纳土壤的气味，浸浴日月的馈赠，伸展自己思想的枝条，自由地伸展。这是人的权利，这是个体生命的尊严。

历史是被一次又一次焚烧过的，人的权利和尊严也是一次又一次被焚烧过的。火焰过后，仿佛一切都不复存在了。然而生命和思想的胚芽，却一次又一次从劫后的灰烬中萌生出来。

1996 年 12 月 17 日

普罗米修斯的传说

一

普罗米修斯窃得天火下落人世的时候，前面没有金光铺路，后面也不会有仙乐相随。他纵使不是衣衫褴褛，也多少有些仓皇的样子。传说中他窃火的情节有几种版本：一说他怀揣茴香秆埋伏天路旁，当太阳神赫利俄斯驾太阳车从空中驶过，他迅速跃起，掏出茴香秆伸向太阳车的火焰；一说是他辗转去往爱琴海的楞诺斯火山岛，从火神赫费斯托斯的铁工厂偷出一小块燃烧的木片，藏在芦苇管里；还有一说认为藏匿火种的并非芦苇管，依然还是茴香秆，因为那东西表皮青而湿冷，内里却是干燥易燃的，普罗米修斯谙熟表与里的奥妙，他将宙斯的一粒火种塞进茴香秆里，然后装作无所事事的闲逛者，甩着一根可能改写历史的青树枝悄然离开了天庭。

现在，普罗米修斯踏在人世的地面上了。在这贫弱委顿的地面上，他瞬时就意识到自己是神。

茴香秆的一头已经燃出了火焰，这窃自天庭的火焰到底是神圣之物，无论地上的风如何阴冷，无论风往哪个方向吹，无论它如何地飘摇，如何地跳荡，却都是非凡的桀骜的姿势。举一簇神圣火焰立于天地之间的普罗米修斯，深深为自身此时此刻的庄严所感动。火焰给他以神的光环，让他看到自己巨大的身影。独一无二的光源使他的身影横过大地，覆盖大地，他头一次发现自己的伟岸，头一次理解自己的使命。这一刻是普罗米修斯看见自己而非看见大地的一刻，然而是大地让他看见自己的。他立在那里，俨然一个先知，一个使徒，一个牺牲，一个救世者或一个解放者，一个王或一个圣。天地之间，一双有火焰闪烁的眼睛，流布着大的兀傲和大的悲悯。

人们不是满含热泪蜂拥相迎，却是四散而逃，一片惊恐，以致大地上乱纷纷响着尖叫、拆裂和崩塌之声，这是先知所不曾预知的。

这些可怜的人，蝼蚁一样卑贱的人，朝生暮死、无所期待也毫无想象力的人；这些未曾见识过火，更未曾得享过火的福祉的人；这些不辨善恶的人。他们像逃避灾难和瘟疫一样，四下里夺命狂奔。他们对灾难太熟悉了，太恐惧了，这些被灾难压迫得佝偻的躯干，委实无由生出感知福祉的灵性。

人们远远偷望那一簇火，骨节里尽是被风吹透的空洞，发出瑟瑟的异响。那妖魔一样蹿跳的火焰，其状十分骇人。它是向上升腾的，而不像地面几乎所有的物什那样向下坠落。它不仅自己向上升腾，而且莫名所以地拽着周遭的空气向上升腾。它是绝对的不安分，缥缈，激越，张扬，暴烈，既非风的形状，也非水的形状，甚至每每脱出神的掌控，向四周扑击，舔噬。一个无规则的活物，通体是煽动的、变乱的气息。一个魅惑的妖孽。一个刺目的幽灵。

更可怕的是，在火光的照映之下，世界突然现出了怪异的样子。混沌而稳定的祖居之地就这么裂了，坍了，平缓的日子竟变得凹凹凸凸，处处是地狱般的深壑和痉挛似的皱纹，连窝棚和山岩都在不安生地晃动，满世界的活物和不活物，都在光和影的魔法中，现出陌生的形。人们在天幕上看见了自己的影子，摇摇曳曳，忽长忽短。人们被吓住了。人们不知道那是魂魄离体而去，还是群鬼联袂而来。人们瑟缩着，又跑来跑去，试图摆脱那些影子。

火焰在茴香秆上一节一节下降，天界的茴香秆如凡间的一样发出毕剥的脆响。普罗米修斯依然举着他的火把兀自立着，他感觉到火苗已经在舔噬他的手，他将听到他的皮肉也同样发出毕剥的脆响。然而那些冻土一样的面孔依然僵硬着，那些佝偻的身躯依然畏缩着。没有人拢一把麦秸秆或松柏枝走上前来，接引救世者普罗米修斯的馈赠。

这是先知普罗米修斯所不能预知的。此时的普罗米修斯，全然是一头可怜的牺牲。

一枝火把，即使来自天界，在万年浑蒙的冻土地带也太弱小了。普罗米修斯最初的悲剧形象，是手执火把孤零零立在冷漠的当世。

二

希腊的神谱，首先是王权神话，别地的神谱同样也是。较之火焰，神话有更巨大的升举之力，升上天庭的一切，都是超凡入圣的，光耀万世的，毋庸置疑的。天只可以仰望，不可测其高，不可估其渺，不可知其终古。众神在那里出生、格斗、互相残杀、建立秩序，一代又一代王权更迭，一代又一代神王登基，以其绝对权威统治宇宙。

提坦诸神被套上锁链打入比地狱更深的塔尔塔洛斯深洞，宙斯的秩序就建成了。宙斯——这片“明亮的天空”，这位全知全能的万神之神，手执神杖和雷电霹雳漫天巡幸，诗情洋溢地一路造出他的火神、战神、爱神、月神、太阳神……他稳固的神系以及他的神鹰。

建立宙斯秩序的固然是胜利者宙斯及其拥戴者、追随者，但也未必尽然。或许还应该看见那些被压迫者和被奴役者，譬如不幸被罚顶天的巨人阿特拉斯，便是数万年以其受难者的坚忍，兢兢业业用头颅和双臂托举着宙斯的天穹。的确他无从选择命运。这个提坦的英雄，普罗米修斯的兄弟，以其超拔的形象和悲惨的命运，成为天柱，恒久地支撑了宙斯的秩序。他是被迫的，同时也是顺从的，忠实的。普罗米修斯曾经施计，让前往摘取金苹果的赫拉克勒斯接过了阿特拉斯背负的天穹，企图解救他这位兄弟，然而阿特拉斯终究不能弃天而去。或许他恐惧天塌地倾，远甚于恐惧自己的厄运，他对天的忧虑占满了全部意识，竟至达到忘我的境地。又或许他什么也没意识到，只在无意识中重新接过了天的压迫，习惯性地回到受罚的位置。他的生存与宙斯的秩序扭结在一起，成为秩序的组成部分，个体的意义便在这恒久的扭结之中隐没，消失。

但普罗米修斯是一个反抗者。普罗米修斯的反抗不是孤独的个体的反抗，他从一开始就是有所依托的，那依托就是大地与人。

普罗米修斯受命在人神之间分配一头公牛，他将无用的部分覆以肥美的脂膏，将上好的部分裹以丑陋的表皮，从而骗过了宙斯，使人类得享实利。希腊悲剧略过这一情节，是因为它无法吻合崇高而悲壮的美学标准，女神的歌队无法在那种暗昧的情景里发出高亢的歌声，虽然此时普罗米修斯向弱者倾斜的立场，与盗火是一致的。但人也在选择他们的英雄。必须有一次盗火，更必须有一幕被缚山崖的悲剧场景，才能使一个英雄的形象得以完成。即便普罗米修斯能够弃天而去，人也必将以天界之光圣化他，使他在地面再次升腾为神。

就这样，普罗米修斯的反抗以分牛肉的把戏开始，到窃火而被缚达至高潮。其身躯越来越伟岸，其情节越来越惨烈。他以大地对抗天，以人对抗神，这个神谱之中其次又其次的小神，在对天庭的秩序失望并且愤恨的时候，终于在天之外找到自己精神生成的板块，找到生命存在的价值。获得普罗米修斯是大地和人类的幸运，然而获得大地和人类，更是普罗米修斯的幸运。如同地之子安泰俄斯一样，大地和人类成了普罗米修斯的力量之本，希望之本，成就了他的英雄之梦，成为他反抗的理由和流浪的归宿。

因此，普罗米修斯绝不仅仅是一个率性从天庭出走的反叛者，在天地边缘忿忿然游荡，或者在秩序森严的天之街头举一举手臂，发出微弱的抗议。他绝不仅仅是一个虚无的挑战者，只快意于向黑暗掷出他的投枪，只快意于那寒光一闪，又绝望地看着黑暗迅即闭合。他的反抗绝不是那种消极的仅有个人意义的反抗，仅为憎恶龌龊的现实，而一意逃离，挣脱，然而天地茫茫，前路却是没有的。他也不是那种形而上的反抗者，彻底地否决造物本身，连带也抛掉了自己立足的舢板，使自己整个儿被淹没。他反抗的不是造物的荒谬，而是造物之中的宙斯;他热爱的不是单个人的自由，而是另一种力量的载体——人们。普罗米修斯不是绝望的反抗者，他的反抗是为希望所激励的。

在地上建一个人的乐园，是普罗米修斯的雄心，他是一个怀揣理想蓝图的反抗者。他引领人们走出洞穴，在向阳的坡地砌筑屋居；他教导人们把野兽驾在轭下，使它们服从耿鞍和缰绳;他制造了麻布的翅膀，将它升上桅杆，带人们去航海；他清除了人们眼中的翳障，让他们看清火的光明。人类的一切技艺都是他传授的——他说。甚至连人类也是他创造的，在他还是一个卑微的小神时，就具有人类始祖那种抟土的手艺，假如不是所有人都出自一处，至少他造出了那些新人。

我反抗，故我存在。——这是一种形而上的存在。生命之死水为反抗的焦躁所激扬，发出撕裂堤岸的涛声。这涛声一时遮掩了孤独、恐惧、绝望、虚无，将反抗者一浪一浪推向苦难的顶点，然后抽身而去，任由孤独者跌入更透彻的虚无。这像是反抗者永恒的宿命。

但普罗米修斯拒绝虚无。他不断扬起生命之波，让自己立定在苦难的顶点，同时紧紧抓住大地，让他的存在生出根来。是的，他同样反抗，而且是更激烈的反抗，因为他要成为一切，立足于大地成为一切，绝非只为一种存在的虚无。

三

普罗米修斯被缚山崖，这是希腊悲剧的经典形象。悲剧是希腊人独有的造就，在天与地之间辉煌升起的，是伟大的苦难和伟大的精神。

这是高加索山崖，荒凉的大地边缘，人迹断绝。万劫不复的神王的镣铐，钉进胸膛的神王的钢矛，一只日日必乘第一道阳光飞来，啄食肝脏的恶鹰。如此这般三万年的苦难，无论对一个圣徒、一个殉道者、一个英雄或一个半神，都是太可怕的。更深重的苦难是人迹绝断，没有人——没有人目睹，没有人聆听，没有人得知这苦难，于是更没有为苦难所净化的情感，为苦难所圣化的精神。对英雄普罗米修斯来说，最残酷的惩罚不是镣铐、钢矛和恶鹰，而是隔绝人世。他被迫沦为绝对的孤独者，枯寂地面对个人的命运，而非人类的命运。三万年的枯寂将使英雄化为齑粉，使伟大的苦难黯然萎败，失尽意义。

在卡夫卡那里，普罗米修斯的悲剧是这样的：面对恶鹰的摧啄，他越来越深地避入岩石，后来竟至于与岩石合为一体；数千年后，他的叛逆行为已经被忘却了，神忘却了，鹰忘却了，连他自己也忘却了；对那已无根由的故事，大家都已经厌倦，神厌倦了，鹰厌倦了，仿佛永恒的伤口也精疲力尽地长合了。依旧存在的是那无法解释的石山。在卡夫卡的故事里并没有人——群体的人，或者说人民。人民在一出个人悲剧里，总是最早退场的。卡夫卡的悲剧从来只是个人的悲剧。

但埃斯库罗斯的悲剧是另一种悲剧。在埃斯库罗斯的悲剧里，有整整一个歌队在聆听。

“海潮下落，发出悲声，海底在呜咽，下界黑暗的地牢在号啕，澄清的河流也为你的不幸的苦难而悲叹。”——这样一支歌队，将个人的苦难敷衍成了大众的苦难，用和声轻抚，使孤绝之地受难的个人饱含热泪。歌声炽热地诠释着苦难，以致使苦难终成一种燃烧的苦难。

普罗米修斯在山崖上喊道：“让电火的分叉鬈须射到我身上吧，让雷霆和狂风的震动扰乱天空吧；让飓风吹得大地根基动摇，吹得海上的波浪向上猛冲，紊乱了天上星辰的轨道吧；让宙斯用严厉的定数的旋风把我的身体吹起来，使我落进幽暗的塔尔塔洛斯吧……”

普罗米修斯将自身化为一柱愤怒的火焰。源源不断地加之于他头上的苦难，如源源不断输送予他的泥煤，还有冥界的风洞永世不歇的风，因之普罗米修斯的火焰是粗野的，暴烈的，疯狂的。

是的，苦难飘来飘去，会轮流落到大家身上。但无论任何时候，苦难所攫住的都是单个的人。苦难很具体，而大众是抽象的。即使有一支虚拟的歌队，苦难也还是个人的苦难。当歌队的眼泪海潮一般落去，孤绝的岩壁上余下的唯是罹难者一人。

一个人，或一个神，当他被缚山崖，被钉牢于万劫不复的苦难，日日被恶鹰啄食五脏，他不可能成为祈祷者或恭谨者。面对天地的法理和宇宙的秩序，面对强横的帝王，他必定有着与乘坐在太阳车上或有轻盈翅膀的神们全然两样的反应。

普罗米修斯喊道——我憎恨所有的神！

为什么不呢？所有的神都进入了宙斯的秩序，漫空中只见他们秩序井然地飞来飞去，在宙斯的权杖和恶鹰脚下行礼如仪，并且，终日用莫测高深的天国话语谈论既有秩序的法理问题。

但此时的普罗米修斯是兽，是困兽，不是神。他仇恨的嘶鸣是兽的，尽裂的目眦是兽的，被钢矛钉死的心脏也是兽的。宇宙的全部秩序，都汇聚为一个绝地的囚笼，通过他身受的痛苦向他展现。在如此绝境中，任何疯狂的念头都是合理的，甚至于是美的。肉体彻底丧失了自由，思想的大火就有权奔突恣肆。他再也不能用手折一枝茴香秆，把火燃到世上了，他所能燃烧的只剩下自己头颅里面古老的丛林，在一簇簇白白燃烧的火焰中，张望过去和未来的幻景。一切飞来飞去的法理，一切居高临下的训谕，一切俯首屈膝的进谏，在他看来都是可恶的，无耻的。当他还是一个身份模糊的小神，他尚可选择合谋或是规避，依附或是游离，旁观或是抗议。然而当他终因反抗而身陷囚笼，所有的路径就都断绝了，都化成森然寒峭的岩壁，连知觉和情感也无地回旋，只能冲腾而起，成为不可遏制的仇恨。

他就是要与宙斯为敌的！与宙斯为标志的一切为敌！权力，权力机器，机器的秩序，以及安然容身于宙斯秩序的众神。他绝不像阿特拉斯那样屈辱地背负天穹。如果说此时他还有幻想，那么天崩地裂就是他的幻想。在这个激动人心的幻想中，他将失去的只是锁链，而他将获得的是整个世界。

一柱火焰在熊熊燃烧，这是一柱野火，那么，还有什么需要解释？还有什么可以解释？

马克思称誉普罗米修斯为“哲学日历中最高尚的圣者和殉道者”。绝崖上一柱复仇的火焰，终于映红了人类的历史。

四

据说在埃斯库罗斯的三联剧的最末一部《被释的普罗米修斯》中，

普罗米修斯屈服了，他说出了那个威胁最高统治者的秘密，于是与宙斯达成和解。这种结局激起浪漫主义诗人的严正抗议。毕竟那是已经亡佚的剧本，我们有理由不相信那就是伟大的希腊悲剧的结局。然而普罗米修斯的生命没有结束于那经典的山崖，他终究是被释放了，大英雄赫拉克勒斯在夺取金苹果的途中，顺便杀死恶鹰，释放了普罗米修斯。按赫西俄德《神谱》的说法，释放至少是得到宙斯默许的。

但我们依然拒绝接受如此一个结局，事实上我们不要任何结局，我们要的是人的英雄历史从此开始。

在我们的传说里，那一柱挑战者的火焰，以其不懈的燃烧屹立天地，终于唤醒了昏睡的人们。人们慢慢地向那里围拢，慢慢地编结起麦秸秆，引燃，而后传递，一波一波，终成火海。天庭是在我们通天的火海中烧塌的，王权是在我们暴烈的革命中推翻的。我们如此惊讶，卑贱如我们的躯壳里，竟有神一般强大的力量，英雄普罗米修斯，始终如上帝的火柱在引领着我们。

“我由于太爱人类而成为宙斯的敌人！”

假如挑战宙斯需要一个理由，那么爱就是最正义的理由。爱人类，爱宇宙秩序中的弱者，爱最广大的被压迫者，为博大的爱，而不是为一己之尊严舍身。西叙弗斯的苦难仅仅是个人主义的苦难，而普罗米修斯通过苦难，幻化为集体主义的英雄。由于爱，普罗米修斯集美德于一身，成了施恩者，赐福者；人类由于被爱，便成了受惠而感戴不尽的人。

然而普罗米修斯不仅是挑战者和施恩者，他更是先知。在天塌地倾的废墟之上，只有他预言将有一座金光灿灿的太阳城，也只有他知道如何穿越废墟，穿越苦难，抵达那座幸福之城。现在，他的火把成了一面巨大的旗帜，废墟之上唯一的旗帜，为无数的追随者簇拥着，开始一次壮丽的远征，一幕更宏阔的出埃及记。

克罗诺斯推翻自己的父亲老神王乌拉诺斯，取代其王权统治天穹；更新一代的神王宙斯，亦如法推翻他的父亲克罗诺斯。神的历史是一部暴力和流血的历史。但是现在不同了，这一场火的暴动，结束了神的历史，也结束了暴力和流血的历史，以暴力结束暴力，一劳永逸的结束，所以这是最后的一场暴动，无论怎样惨烈的流血的代价，都是值得的。从此——这是一个根本的转折——开始的是人的历史，是圣徒普罗米修斯引领善良的人们前往幸福的历史，这只能是光明的历史，是正义的、可歌可泣的、不容亵渎的历史。

普罗米修斯在清除人们眼中翳障的同时，又在那里植入了盲目的希望。这个被潘多拉关在匣子里的东西，是人类需要的，更是他需要的。他不是上帝，不能凭空在荒原降下带蜜的圆面包，但他可以不断地施展法术，让手中的火焰幻化出理想王国的图景，以激励那些饥渴的人们。神的历史终结以后，人便用自身的历史创造自己的神话。只有宏伟的神话，有理由驱使人们牺牲。

然而，这是一次多么艰苦卓绝的远征！这些人们！这些不幸的、懦弱的、愚陋的、永远不能领会神意的人们！这些流沙一样啸聚，又流沙一样涣散的人们！这些冥顽不化地耽于一己利害的人们！我们的先知深感悲哀，他所统领的、所拯救的，便是这样一些人们。他必须一如既往地坚持爱这些人们，他必须带领这些人进入理想国乐园，这是他作为新王——或说领袖的唯一理由，这是他的伟业的根基。

他要组织这些人们，教诲这些人们，训导、惩戒、约束、责罚这些人们。唯有他知道那条通往理想国的道路，因之他有责任将每一个人带上这条道路。他不能允许怀疑和游离，不能允许迷误和悖逆，因为他知道世界上再没有第二条通往幸福之路，而人类不知道，他必须强制这些蒙昧的人们通往幸福。

现在，他手中的火把已经是光明的权杖了，他挥舞他的权杖，不断地唤起人们的激情。然而人们手里举的是麦秸秆或松柏枝，这些凡间的物质是容易燃尽的。当人们手中再没有什么可燃之物的时候，他便教人们点燃他们的草笠，草鞋，衣衫，头发，甚至骨骼。他需要火，需要越烧越旺的火，假如火势衰落，他便感到彻骨的恐惧与孤独。

五

普罗米修斯率领他的子民奋勇前行，波澜壮阔的火的流体一路演义悲壮的故事，一路发出排山倒海的啸声。没有什么可以阻拦这样的洪流。一切造物的障碍都被排开了，冲决了。一切躲闪不及的、犹疑不定的、不慎扑倒的、步履太慢的，都被吞没，被辗轧而过。连石头都被点燃了，人的灵魂如果确实存在，它还可以是什么颜色。

这是一个民众诞生的时代，平地里蓦然诞生了千百万普罗米修斯！这是希腊悲剧里不曾有过的，也是众神的世界不曾有过的，这是史无前例的壮举，普罗米修斯为自己的创造深深陶醉。而民众，这些在神话剧历史剧以及任何剧中都不曾出现过的角色，突然站到了舞台的中央，他们通过他们领袖的镜像，看到了自己的奇伟，他们也为自己的形象而深深陶醉。

于是，普罗米修斯再次来到那座石山前面。这是大地的边缘，无人踏足的地带，也是天的边缘，可能登上天堂的唯一路径。

火流停滞在大地的边缘。人们看到的是亘古的荒凉，无路的绝域，不知是天界的风还是冥界的风，呼啸于无始无终的幽暗之间。看一看举在手中的火焰，也颤颤的，令人忧惧的细瘦。然而，淤积在这里的火流，终竟漫成汪洋一片。

普罗米修斯缓步登上他的石山。是的，这是他的石山，铭刻着他的牺牲、他的苦难、他的美德和他的功勋的石山。他顾盼自雄，这是他预料之中的凯旋。环绕在他脚下的人们，相拥着仰望这圣地，一种群体的情感如潮水上涨，瞬间淹没了每一个人。那个英雄的传说为群体的情感一遍遍擦拭，一遍遍编织，终于成为绝美的传说，普罗米修斯立于他非凡的传说之上，以其非凡的魅力征服了人们。

他知道人们需要一座天梯，然而为了建造这座天梯，他首先必须建造一个祭坛，一个巨大的、能够承托起天梯的祭坛。这个祭坛必须饰以幻想的花束，必须投以主义的光照，必须缭绕以信仰的烟云。布道是必须的，祭礼是必须的，献牲台是必须的，为了万众一心，囚笼、锁链和鹰犬也是必须的。崇敬为钢筋，恐惧即为混凝土，合在一起可以构造任何宏伟的建筑，这都是人所需求的建筑，领袖只是以自身为基石，将这样的建筑赐予了人们。

汪洋一样的民众，即使站到了舞台中央，仍旧是向天幕仰望，空荡荡的天幕是他们无法忍受的，王者的身影就及时升起在天幕之上了。他通体金红，依凭他的石山，渐次升到太阳的高度，成为无神世界中唯一的神。他的子民信仰的宗教是一神教，火是这个宗教的图腾。

这个神手执图腾端坐在祭坛之上，背靠着那把若隐若现的天梯，以慈爱的微笑听赞美诗四面响起，垂怜那些铜鼎端上来的牺牲。火的图腾展示着天国的幸福，也配备着火的箭镞。这个神始终燃烧着烈火般的斗志，宙斯消亡了，现在他的仇恨转向了那些忘恩负义的、企图背叛的人。

出于对崇高和神圣的景仰，希腊人说："有时候，请允许美妙的悲剧披着帝王的华服浩浩荡荡地走过。"英雄普罗米修斯便是这样披着帝王的华服浩浩荡荡地走过去了。忧郁的观剧人加缪伤怀地写道："然而，他仅仅获得了宙斯的孤独与残酷，不再是普罗米修斯，而成了恺撒。

真正永恒的普罗米修斯而今有了一张他的受害者中的一个的面孔。”

他是不是能看见这个面孔？这个面孔酷似他的当年，思想史和革命史中经典的普罗米修斯。现在这是一个人的面孔。一个一无所有的人，一个怀疑一切的人，他站在强权的对面。这个位置是被命名过的，只有站在这里的人，能够叫作普罗米修斯。

六

老神王乌拉诺斯为了逃脱被儿女推翻的命运，先将儿女打入塔尔塔洛斯深洞，然而终有克罗诺斯起而叛乱。继任神王克罗诺斯为了避免相同的命运，便一个接一个吞噬子女，结果依然遗落了宙斯，还他以覆亡的命运。新神王宙斯还是被同样的噩梦惊扰，因之一遍一遍地逼迫被囚悬崖的普罗米修斯说出那个秘密，他恰恰忘了，那惊天的秘密可能就是普罗米修斯本身。现在轮到更新的一代神王或人王了，他原以为他是全新的，已经凭借全新的支点开创了全新的世纪，打破了那个命运之环，却终究还是逃不出这周而复始的命运。

当原子裂变竟然酿成杀人武器并掷向人寰的时候，物理学家马克·奥利芬特悲叹："这就扼杀了一个美丽的课题！”当反抗者的火把终于演化为权杖的时候，我们也悲叹："这就葬送了一个美丽的悲剧！”

于是，未待静场，流沙和浮土扑面而来，纷纷扬扬，幕布一样占满了天地。

普罗米修斯依旧在那无法解释的石山之上。事实上我们不能确知他是不是离开过那石山，是不是挣脱过锁链。他深深地陷入山岩。流沙和浮土在他脸上身上越覆越厚，终于连石山也看不见了，只余一道线条柔和的沙丘，斜卧在世纪末的残阳下面。

没有人。事实上，反抗者的身后只能是荒凉的，不可能有人。

普罗米修斯的悲叹跟我们不一样，他在流沙和浮土的覆盖之下抗议那个关于他的结局。唯有他相信，悲剧不会仅有一个结局。

2003 年 9 月 3 日

隼和灌木

有一段时间，我曾经想写一个故事，因为想起来不短，很铺张的，可能想着想着觉得累了，结果没写。昨天清理一下案头堆积的纸片，见到当初随手记下的那几页，竟也记了不少，知道当初的扰动，便把那几页抽出来留下。那些铺张的文辞自然不能要了，删繁就简非我所长，但也不妨学着做一回。

一只隼。一丛灌木。

隼总是在天空迅即划过，迅即扑向它的目标，它总是有十分明确的目标，日复一日总有。但其实它是没有家的。

灌木也没有家，待在一个地方，把自己的枝叶张开像把伞的样子，像个巢的样子，这不过是它身体的姿势。姿势和家当然不是一回事。不管什么姿势，它也是孤零零的，在天空下。它不会发声，风刮过的时候，叶子舞动的声音是风的声音，不是它的，所以它与旁的灌木也无从交谈。

隼的攻击性很强，它所飞过的，几乎总是布满流弹的天空。可能是为了躲避流弹，也可能是它在飞的时候，感觉到灌木惊羡的注视，于是它时常到灌木那儿歇息。

谷种膨胀一样的早晨。

钴蓝色或青铜色的正午。

有一千种浮悬方式的夜晚。

隼存在的理由是进击，它张翼的时候，腹部有一片金红的毛色，十分漂亮。灌木存在的理由就是生长，即使天空布满流弹，但生长的理由只能是纯粹的。

隼攻击失败的时候，会用喙撞灌木的枝柯，会在灌木的遮盖下哀厉地鸣叫。有时候它蜷成衰弱的一小团，让灌木伤泣，以为它熬不到天明了。可是晨光一现，隼又会翙翙扇翼，回到它存在的理由中去。

雨后的夜晚，灌木的根须贪婪地吮吸，所有的枝叶尽情张开吮吸，叶芽儿荧荧发光，向上生长，有一种血流奔涌的簌簌声。这样琐细的声音，竟被歇在枝丛里的隼听见了，它扑一扑翼，发出欢愉的惊叹。这时的灌木简直是泪飞如雨，多少同类生长了一辈子又一辈子，可有谁听到过这样的一声惊叹呢？

如果时间没有被某个特定事件所标明，它就是不存在的。现在有了两个生命，你就知道时间的流逝是怎样一种可视的形态。

这样秋就深了。

很可能秋也是从根部袭来的，一夜之间，灌木丛一片萧疏。早晨隼发现如此景色，它惊恐地跌扑了几下，不知所措，便又箭一样冲到天空中去了。

天空一如往常，只是风有些凶，而这只能使隼更感觉到自己的强健有力，它愤怒起来，风也就不成其为什么风了。

夜晚隼依旧栖息在灌木那里，其实这已经没有栖息的意义了，月光和风直直地剥落它的睡意，一点儿也没有遮拦，只有几根秃枝徒然在那里乱晃。但隼还是一夜一夜回到灌木那里。

隼的羽毛也开始稀落了。有一天早晨，灌木发现它的枯枝上竟然摇曳着一片金红的叶子，将落未落的，似萌非萌的，十分好看。这时隼也发现了，它们一同在寒风中呆呆地看那叶子。

这天隼没有冲到天空中去，它开始做一项悲壮的工作：把它的羽毛一片一片挂上灌木的枝头，试图使灌木再度茂盛。风很大，这工作做起来极其困难，但隼是不大会思想的，它只是一直地做。

隼在这一天忘记了它生存的理由。隼在这一天感受到生存的极深的恐惧。

而灌木一直瑟瑟发抖。

故事再讲下去就太唠叨了，何况这本来也构不成什么故事。伊索寓言的结尾每有一个破折号，引出一句人生哲理什么的，我也想把文章写成那样。但一画了破折号就觉得有教师的味道，其实我想说的只不过是——

这些年来，我时常会想起那丛金红色的灌木，尤其在秋深时分。

1997 年 10 月 8 日

捕蝶者

你去捕蝶。

你爱蝶，这毫无疑问，世上或是没有谁比你更爱蝶了。你研究蝶，珍藏蝶，你是专家，节肢动物门，昆虫纲，鳞翅目……不仅如此。你自信你是蝶的知己，蝶亦恍惚成了你的生命。你甚至反复地梦过化蝶之梦了。

你备好捕蝶网，这种网你有过许多个，有珠萝纱缝制的，也有尼龙网纱缝制的，它们的共同点是轻，软，纤维细而滑，不易损伤蝶翼及其鳞片。网框和网柄已经成了你的手臂的延长，成了你肢体自如的部分。

你把必备的工具缚在腰间，这比装在背囊里使用起来更方便。采集盒，盛装蝴蝶的三角纸袋，书写记录本，铅笔，剪刀，镊子，还有，毒杀蝶类的广口瓶，瓶底放入氰化钾或氰化钠，上面填入一层细木屑，再覆上一层熟石膏粉，滴上少许清水，摊平那一切，再铺上一层过滤纸，以保持瓶内毒物的透气、湿度和清洁。这一切你做得实在精细，像布置舒适的家居，这将是你那些美丽的精灵暂住的宫殿，你把呵护美丽的一切都想得极其周密，你是受过专业训练的。

你出发去捕蝶，只为自己备一顶窄边的遮阳帽和一瓶水，甚至连水也不带，你是古典主义者或自然主义者，还相信蝶群聚而饮水的山溪。饮水时的蝶常常是展翼的，宛若盛放的菖蒲，更闪着娇娆的鳞光。你梦里总听见那样的溪水。

你去往原野，山林，洲屿，最为你想往的，可能是亚马逊丛林。然而你是要计算旅行成本的，想往总归是未来的事情。“绕篱野菜飞黄蝶”，这景色也好，但只是农家的好，那些庸常的菜粉蝶不会惊动你的捕蝶网，它们因庸常而幸福着，安适着，你的志向，绝不在篱笆菜畦之间，你要的是蝶中珍稀。

“晴蝶飘兰径”，这是韦诗；“穿花蛱蝶深深舞”，这是杜诗。大诗人像是并不出错，晴蝶这词用得专业，像是知道日出露干方是蝴蝶飘飞的时辰，这正是捕蝶的好时辰。蛱蝶这词就含糊一些，丽蛱蝶？木叶蛱蝶？还是裙纹蛱蝶？自然是很不同的。倘是入诗，蛱蝶固然美，但又何不用公推最美的凤蝶？翅表斑斓七彩，且通身闪耀灿烂的金属光泽。燕尾凤蝶，丝带凤蝶，金斑喙凤蝶，萤光翼凤蝶，碧凤蝶……林林总总，美不胜收，飞舞时异彩耀目，体态优雅，尾突飘逸，如飘带，似轻丝，当风起落，若仙若幻。

你的捕蝶网在操纵你了，神助一般的手感。迎头下网，追尾兜网，网网必有所获。你不必看，便知道猎物在网内了，手腕轻抖扭转纱网，封死网口，网中的精灵徒然挣扎，在你手中逃脱的可能已经是零。

隔着纱网，你清楚地看到你的猎物的处境，清楚地辨别出它们的价值。你一手轻提网底，小心翼翼取出那只眼蝶或蛱蝶，将它两翅朝后并拢，像它停在叶间歇息时的样子，然后用手指在其胸肌上轻轻一捏，非常之轻，然而必须是致命的，你要保持它外观的完整。你感觉到那里有不可挽回的破裂声，这声音除你与它之外，连片刻之前与它双飞双栖的情侣也不能听见。你用质地柔软光滑的三角纸袋把它装好，这是常识，每一只并拢了双翼不动的蝶大体都是三角形的。然而有一些蝶你不这样处理，你不要那胸节间的破裂声，你要一个更完整的标本。于是，你并拢了它的双翼之后，轻轻往它的腹部注射一丁点儿酒精。它在你手中战栗了一下，是挣扎吧？世界总是遍布着挣扎的，古往今来莫不如此，你将它感受为愉悦就可以了，因为你此时心境实在是愉悦的。它很快就不动了，杀死一只大尾凤蝶只需要 0.5 毫升酒精。或者你往那柔软的胸腹内注射的是一丁点儿福尔马林，为了保持它活着时的柔软。柔软总是比僵硬更愉悦的，更美丽的。

但若是命运垂青于你，竟然遇到太珍稀的，太宝爱的，战栗的就应该是你了。况且是一只刚刚出蛹的新蝶，双翅还是润湿的，鳞片鲜丽，纤尘未染。现在竟然就在你的网里。你激动得几乎昏厥，眼窝潮热，倚着树干大口吸气。然而你明白此时你不能有半点差错，你不能让这上帝赐予你的精灵有任何一点儿损伤，从胸腹，触角，到婴儿一般洁净的鳞片。

你果断地启用了你的毒瓶。

它即刻就不动了，即刻。这造物的绝世精灵。连挣扎的瞬间也没有，它完美如初。

它是没有痛苦的吧？你想。其实你也没想，你激动得不再会想了。你很少使用毒瓶，它是为上天赐福准备的，你不是庸常之辈，你坚信上天必会赐福于你，你是有准备的人。

你曾经想过生与死的问题吗？从前有一位远方的诗人，悲恸于另一位诗之精灵被凌虐，他要与帝王谈谈生与死的问题。那就像被你捕获了的这蝶之精灵的伴侣，竟从逃亡之路返回来，停在你的珠萝纱网之上，要与你谈谈生与死的问题。你们能以什么方式交谈呢？

你倒宁愿谈谈。你想谈谈美，谈谈你全身心的珍爱，谈谈你的责献和牺牲，这是你的宗教，你坚信这是世上唯一的宗教，绝然的美和绝然的虔诚。什么是生命的意义？成为一个珍稀标本名扬世界，还是默默耗损掉美丽终老山林？

你隐身树丛等了许久，那只精灵的伴侣到底没有回来。

你一直想着毒瓶内的那只蝶，它太奇异了，太陌生了，想着它你心跳不已。那只旋盖严密的广口毒瓶通明畅亮，一个宁静祥和的空间，隔世绝尘。你制作的，外缘还带着你的体温。隔着瓶壁你观赏你的猎物，如隔着舷窗迎候你的至亲，每一个细部都激起遐想与回忆。

你还是急不可耐，从背囊里掏出展翅板，这原是回到实验室才会用到的东西，然而你都背在身上了，你是有准备的人。

你不觉中双膝跪地，如同向造物膜拜。你用了一些时间闭目合掌，抑制住双手的颤抖。然后用镊子小心翼翼将那精灵取出，准确地将它的胸腹部安放在展翅板的凹槽里。你小心得胜过帝王的仆从，你内心里纯粹得只余下虔敬。

你取出一支细长的钢针，你们专用的叫作昆虫针的，自蝶的胸背中央插入穿透，将它固定在凹槽内的软木条上。蝴蝶有没有心脏？你是专家，这你清楚。如果有，这一针正好就从它的心脏穿过。谁会听到那破裂之声？只有上帝。而根据经验，上帝总是不在场的。

现在，趁它的翅膀还未僵硬，你用拨针轻轻将它们左右展开，使前翅的后缘与身体成直角，后翅前缘脉与前翅的后缘相称。那宽大透明的翅膜何等完美，翅膜内贯穿的纵脉以及横脉，唯上帝之手能创造出来。刚刚羽化成蝶，还没来得及振翅，还没有经风吹拂。鳞片呈砌瓦状密密排列在翅膜之上，洁净，流丽，鲜亮，没有丝毫磨损。在你的展翅板上，你用拨针为它展翅，是它生平第一次的展翅，也是最后一次的展翅，这或许就叫作永恒吧？它娇艳的色泽之上，覆过一层银质的灰色，像是由外而内镀着溪涧的月光，也像是由内而外渗着绝世的悲伤。

悲伤是美丽的，还有谁比你更懂得悲伤之美呢？更何况是绝世的悲伤？这山林里寂静的时刻，那孑然的悲伤，有谁与你分享？

你用拨针将蝶的触须拨正，左右对称摆在头的前方，轻轻把长纸带压覆过蝶翅的基部及外缘，远远用虫针固定好。这样，蝶翅在干燥的过程中，始终是平整的，不会发生丝毫卷折的遗憾。这是一个绝好的标本。在你珍藏的标本盒里，它将走遍世界，赢得无尽的惊叹。它将永远栩栩如生。它价值连城。它属于你。

现在你掏出记录本，书写编号、采集地点、时间、海拔高度、采集人……蝴蝶名称那一栏你空着。空着！午时的太阳穿过林木，在你周边溅起一道道芒，像在布置一个祭典。这是蝶类专家最辉煌的时刻，你感觉自己如同帝王。那一栏空着，那意味着这绝世的精灵将以你的名字来命名。

你梦想过阿波罗绢蝶，鱼纹环蝶，紫端斑蝶，大凤阴阳蝶……无数的珍品在你梦中自由飞舞，你多么歆羡它们的自由，而捕蝶网长在你的手上，你是不自由的，所以，你半世不得安睡。而你没想到，上天赐予你的，会远远超过你的梦想。

那位远方的诗人来了，带一个很瘦很长的影子，现在他要与你谈谈生与死的问题。还是生与死的问题，而不是美、价值或声誉。你们对峙良久。然后，各自俯身为自己掬一捧山涧溪水。

你一时有些恍惚，分不清那是诗的精灵还是蝶的精灵。然而有一个信念在你是明确的：

你是胜者。

这事实不再能改变。无论它是什么精灵，你已建立了伟业，它已失去了生命。

2002 年 5 月 24 日

木偶戏

乡间的木偶戏比较简陋，便是城里百姓，所需的也差不很多。几个艺人，三两挑子，有时甚或一个人也就够了。重要的是挑子里挑的并非寻常的菽谷粪肥，也并非日用百货，却是用帘子遮实了的一些什么，有一个奇异的世界走来了，有一些新鲜的故事要开演。

先是孩子们串糖葫芦似的跟着挑子走，怯怯的，不近不远地跟着走。继而糖葫芦串就蔓延成了满地场浮游的葫芦，攒动，蠢动，糖浆般胶着和翻沸，一时尘土中都流淌着热和和的糖味。

锣鼓声响起。锣鼓声刮破寡淡的日子，真像是年画里画的，在僵滞的空气里凭空迸出火星子来。敲锣人手脚并用，许多匪夷所思的机关，浑如奇巧的机器，脚尖踏着响，脚跟踏着响，膝盖曲直之间也响，手中一对槌子，翻动如飞花流星，发出乱箭一般震慑四方的轰响，口中还衔一枚锐利的竹叫子。只一个人，便制造了千军万马的动静。

尘土飞扬起来。许多的足，在锣鼓声中起落，男女老少的足，一时都像系了线的，被一个人的锣鼓提溜着起落。人们似乎等一声锣鼓已多时了，干枯的年景里等一声雷，等一滴雨，等一个喜兴而聚的由头，人们也就在自己踏起的尘土中，看见了千军万马的动静。

几支竹竿子一挑，搭上艳红的帘布，饰以几挂流苏，戏台子就搭好了。讲究一些的还有幛子装扮，上面画的全是堂而皇之、富贵荣华的字。几支细瘦的竹竿子骨架，经这些红红绿绿的物什一装，就成了瑰奇的殿堂，气势煊赫，千秋万代的样子。映得那些尘土、那些禾菽都顿失颜色。

人们低矮下去。于是纷纷仰起脖子。

开戏了。木偶们相继登场。这些蜷曲在灰扑扑的布口袋里的木偶，一旦让操纵者从口袋里掏出来，身板就硬朗了，手足就舞动了，头脸上尽镀着太阳的金辉。英雄一般呼啸而至，披挂以小弓小箭，小幡小旌，头顶上还有象征神武和权力的雉鸡翎。石破天惊一声铜锣，告诉人们英雄在号令千军。来回绕场的两支羽翎，告诉人们英雄在所向无敌地驰骋。挑子里那个灰扑扑的布口袋，有如魔法口袋，可以掏出皇上，可以掏出臣子，阎王、土地、雷公、电母、观世音……想得出的有，想不出的也有。每掏出一个，撑起，阳光灿烂立在台上，就是一个盖世神人，或定乾坤，或决生死，都是不容置疑的，无可抗拒的。朗朗天日之下，生生地见着这些神人起来，下去，出来，进去，天和地翻过来覆过去地变。

人们看得呆了。也有惊骇，也有敬畏，更要紧的是喜欢和舒适得呆了。喜欢和舒适原是家常的小感觉，须得有敬畏和惊骇烙进去，那里方才熨帖，妥实，浑浑然成大喜欢和大舒适。那些黄土里抟出来的脸孔，有黄土的粗糙和混沌，一览的黄土坦缓着，含含糊糊起伏一些田垄、畦沟、坡地和扁圆的丘陵，没有奇峰峭拔，没有危谷渊深，没有跌宕。干燥的黄土无始无终地干燥着，布满皱纹和皲裂纹。

木偶的眉目倒是极尽夸饰，生活的色彩像是都涂到它们那里去了，很润泽的、很光艳的样子。但它们的五官是固定的、无内容的，于是就要看着深奥，并且能有较常人丰富得多、夸张得多的表情，每要表演喜怒哀乐，它们就以固定的程序动作全身。笑的时候，或仰面向天，或弯腰捧腹，配合以全身有节奏的抖颤，让人看不见它的脸。哭的时候，或以袖遮面，或呼天抢地，配合以全身间或的抽动，也让人看不见它的脸。面目不明的角色必得制造异常的热闹，让人目不暇接来不及定睛细看。但总是没有脸的戏台到底还是使操纵者遗憾，他们便免不了在脸的问题上多动心思。就有一些个木偶的颌处装上了活动机关，那木呆的脸孔便拥有了一个能开能合的嘴巴。它登场就开开合合地表演说话，兴高采烈、自由自主地说着操纵者的话。因为是一个值得夸耀的嘴巴，所以在脸上所占的比例尤其地大，开合的幅度更尤其地大。仿佛真是从那嘴巴里滔滔不绝喷射出来的话，一时让台下骚动和惊喜。但毕竟那机关不能比真人的嘴巴，它的开合太僵硬，看着更像是吃糖豆，或者竟是雄蛙聒鸣。

人们仰着脖子，笑，发痴，迷瞪，拍掌。人们的眉眼灰扑扑地木僵着，只有那下巴，也像装了机关似的，齐齐地挂下来，便也僵在半空，像一个等待糖豆的姿势。

这是操纵者最为心满意足的时分，只是他将得意严严地盖在帘布下面，他是一个在他制造的戏剧里并不存在的人。他的每一个指关节都不可思议地机巧，俨如机器中那些最奥妙的部件，弹指之间，便是一个人的悲欢离合，生死荣辱；反掌之下，便是冬去春来，秋去冬来，天地翻覆，换了人间。帘布之上的每一段剧情，都牵在他的指关节上面，地场之上的每一阵波动，都系在三尺帘布的戏台上面。他无处不在，又从不现身。正因为他不现身，鬼才成其为鬼，神才成其为神，英雄方能平定天下，霸主方能统摄四极，木偶方能摆布看客，看客方能服膺木偶。天上地下仿佛真有一只翻不出去的手，这叫命运。

灰扑扑的村落在尘土后面静着。有几头老牛蒙了竹编的眼罩，拉着粗重的磨盘，一圈一圈走路。即使花岗石上雕着五谷丰登，吉祥如意，也并不减轻磨盘的重量。没有谁留意它们已经拉了几个时辰，没有谁留意它们的步履迟滞，委顿。它们并不抱怨，它们活着，就一圈一圈走路。磨盘上碾的是棉籽还是苞米茬子，这不是它们的事情，它们漠不关心。然而眼罩外面，漏进来的是些许红光，还是白光，还是彻底黑暗，它们同样置之漠然，尽管这预示着将要在它们身上发生的事情，甚或已经发生在它们身上的事情。

锣声一阵一阵碎裂了，远了，那是散戏的锣声。

2003 年 4 月 14 日

鸟儿中的理想主义

我对笼中继续扑翼的鸟一直怀有敬意。

几乎每一只不幸被捕获的鸟，刚囚入笼中都是拼命扑翼的，它们不能接受突然转换了的现实场景，它们对天空的记忆太深，它们的扑翼是惊恐的，焦灼不安的，企图逃离厄运的，拒绝承认现实的。然而一些时日以后，它们大都安静下来，对伸进笼里来的小碗小碟中的水米，渐渐能取一种怡然的姿态享用。它们接受了残酷的现实，并学会把这看成生存的常态。它们的适应能力是强的。适应能力强，这对人，对鸟，对任何生物，都是一个褒奖的词组。它们无师自通，就懂得了站在主人为它们架在笼中的假树杈上，站在笼子的中心位置，而不是在笼壁上徒劳地乱撞。就像主人所期待的那样，优雅地偏头梳理它们的羽毛，如果有同伴，就优雅地交颈而眠。更重要的是，当太阳升起的时候，或者主人逗弄的时候，就适时适度地婉转歌唱，让人感觉到生活是如此自由、祥和、闲适。而天空和扑翼这种与生俱来的事情，也就是多余的了。

但有一些鸟的适应能力是差的，这大抵是鸟类中的古典主义者或理想主义者。它们对生命的看法很狭隘，根本不会随现实场景的转换而改变。在最初的惊恐和狂躁之后，它们明白了厄运，它们用最荏弱的姿态抗拒厄运。它们是安静的，眼睛里是极度的冷漠，对小碗小碟里伸过来的水米漠然置之，那种神态，甚至让恩赐者感到尴尬，感到有失自尊。鸟儿的眼睛一旦现出这样的冷漠，就不可能再期待它们的态度出现转机，无论从小笼子换到大笼子，还是把粗瓷碗换成金边瓷碗，甚至是不是再赏给它们一个快乐的伙伴，都没有用了。这一切与它们对生命的认定全不沾边儿。事实上，这时候它们连有关天空的梦也不做了，古典主义者总是悲观的、绝望的，它们只求速死。命运很快就遂了它们的心愿。

而我一直怀有敬意的，是鸟儿中的另一种理想主义，这种鸟儿太少，但我侥幸见过一只，因为总是无端记起，次数多了，竟觉得这鸟儿的数目似乎在我感觉中也多了。

我见到这只鸟儿的时候，它在笼中已关了很久了，我无从得见它当初的惊恐和焦灼，不知它是不是现出过极度的冷漠，或者徒劳地撞击笼壁，日夜不停地用喙啄笼壁的铁枝。我见到它的时候，它正在笼子里练飞。它站在笼子底部，扑翼，以几乎垂直的路线，升到笼子顶部，撞到那里，跌下来，然后仰首，再扑翼……这样的飞，我从来没见过。它在笼中划满风暴的线条，虽然这些线条太短，不能延伸，但的确饱涨着风暴的激情。它还绕着笼壁飞，姿态笨拙的，屈曲着，很不洒脱，很不悦目，但毕竟它是在飞。它知道怎样利用笼内有限的气流，怎样训练自己的翅子，让它们尽可能地张开，尽可能地保持飞翔的能力。

在这样一只鸟的面前，我感觉惭愧。

一般我们很难看见鸟是怎样学飞的，那些幼鸟，那些被风暴击伤了的鸟，那些在岩隙里熬过隆冬的鸟，还有那些被囚的鸟。这是一件隐秘的事。我们只看见它们在天空中划过，自由地扑翼，桀骜地滑翔，我们只羡慕上帝为它们造就了辽阔的天空。

但在看到那只囚笼中以残酷的方式练飞的鸟之后，我明白，天空的辽阔与否，是由你自己造就的，这种事情上帝根本无能为力。上帝只是说，天空和飞翔是鸟类的生命形式，而灾难和厄运也是世界存在的另一种形式。至于在灾难和厄运中你是否放弃，完全是你自己的事情。

1998 年 6 月 5 日

精　卫

这是新的一日。新的一日与逝去的昨日似乎没有什么不同。阳光从海水深处穿射而出，晨曦的红润是战栗的，深浓得如此黏稠，如此寒冷。海缓慢地醒来。

梦魇缓慢地伸长。海这无与伦比的存在，海这无可抗衡的存在，竟然也是有梦魇的！海是因谁而隐隐地惊恐，隐隐地焦虑呢？晨曦使他恼怒着立起，咆哮，在水平线上摔碎自己，而后重新弥合自己。把昨夜的噩梦尽数掩埋。于是，浩荡无涯的液体蓦然涌动而变色，海面滔滔湟湟，一望都是火焰般的金红。

精卫一如往日地来了。从一斑云影的深处。一如往日。

对于精卫，昨日是不存在的，存在的只是大海。无数的昨日都被大海吞没了，昨日没有标记，茫茫大海上寻找不到昨日。然而精卫一如昨日，扇动她薄薄的翼，向茫茫大海投下喙中的木石。

海天之中她细小如同尘埃，风和浪随意抽打她的命运。阳光穿透她的羽毛，四处播洒，无论是海的舞台还是天的幕布，都没有她的影子。鸥鸟们在一片礁石丛中腾起，落下，且歌且舞，以群体的欢乐描摹海的辽阔和丰足。海是无限，是永恒，是栖所，也是宿命。海是可以对抗的么?

精卫没有同伴。精卫追踪她的自身。

她是被海吞噬过的。彻底泯灭的一次吞噬，使她简化为诗。在消亡了所有涂色的希望，绞杀了所有求生的梦想之后，她长出了羽翎，从死亡的最深处飘然而起，挣脱海水而飞升。她誓志对抗大海。她的誓志令所有的生物难以置信。

究竟怎样一种非凡的听力，可以在衔石掷木这日复一日的琐细行为之中，听见内里的奇伟和神秘，在平静之下触摸到微微颤动的惊喜，一片木石沉入海中，便是一片炽热沉入海中，甚至于没有一声回响。大海漠然以视，静止不语。然而炽热如同春草，不断地在那个小躯体内生长出来，永折不绝。如是十万斯年。没有一座山中的木石堪折十万斯年。精卫所折唯她自己。

苍茫之中的空阔，空得如此凄绝。在空无之中的飞行，是美丽的，因其绝望的执着而美丽。在永无终了的旅途中，偶然与自己相遇，惊讶地照见自己，照见脆薄的尊严，也照见血液的驱使。再生的快乐在瞬息之间突然恍如幻觉，荒谬的感情徒然袭上柔弱的羽翎。羿射日和禹治水都是有所终结的，可以记载的。唯有她与存在的对抗永无终结，亦无从记载。甚至于没有一声轻微的叹息从虚空的深处升起，仿佛一滴热泪，注入她承载夜的严寒和日的严寒的胸襟。

然而她依然飞着，一如往日。

不懈的飞翔划开时间的羁绊，使她与永恒相接。大海是她生存的唯一理由。这无与伦比无以抗衡的大海啊!

精卫是不死的。

大海永远在着，她亦永远在着。

1991 年 11 月 26 日

飞　天

飞了一千年，漫漫一千年满壁风动。

有一百次河流改道，有一千座山峰生成，有一万颗星辰以其明灭重铸天宇，大海潮起潮落，候鸟飞去飞回……

石窟依旧是闭合的，闭合的砾岩之内，只有古莲不发芽的故事。卷草纹依旧没有舒展；忍冬纹依旧没有攀缘；曼陀罗花苍白昏蒙，却依旧坚执地贴在泥壁守望；那名恬静的女子千年不曾倦怠，依旧恬静地听琴。

风铎声细脆，玎玲，跌落了，没入茫茫沙海，如跌落一颗水滴，即时就被吸干了，从未有人拾起。岁月缘沙堆聚，复又随沙流散。

飞天依旧在飞。

记忆里的夜空杳渺，深青色的，然而人世的不幸一层一层映印上去，如今已是一片沉郁的暗红。千佛的光芒在某一个黄昏金碧辉煌地闪现过之后，便遁去了，只余下无垠的流沙承继金黄。这金黄的恣肆是一种死寂，一种幻灭。永无终了的人的苦难，一次一次使佛光晦暗，又一次一次使黄沙明丽。写在流沙之上的祈祷，都是无人倾听的祈祷，都是无从种植的祈祷。在生长不了安宁和幸福的世界之上，飞，只是为了脱离永世的苦难和不幸。

天衣羽动，扬起，舒展于彩练之上的迷梦，如春云浮空。古莲的化石在神女手中开出花朵，硕大的花朵，在千年哀伤的仰望中，色泽愈渐鲜浓。

石窟太深太深，日光和月光都无法抵达，色彩绚烂的飞翔，只是凭心的烛火感知的。那些在砾岩上凿掘洞窟的手，那些在漆黑中描摹五彩的手，那些在生存的最深最暗最绝望之处，燃放了飞天之梦的手——那些手，如沙漠一样干枯，苍老，磨砺出苦难的金黄。还有什么比这永世不能剥落的金黄更接近神明的色彩呢？每一位飞天的舞带都拖曳着一千个沉重的梦，绝境中欲离难离的飞翔，使千年岩壁一再渗出浑圆的泪滴。

九层楼上的风铎遥想深青色的夜空，或许深青是一种悠远的静谧吧？悠远中佛许诺过安乐和平宁。

风沙在风铎的遥想之中流离堆聚，一夜之间掩埋了栈道，封闭了石窟，巨大的沙丘巍巍峨峨，宛如一座金黄的坟冢。

飞天依旧在飞。

舞带当风，天衣流转。千年的悲苦如珠玉一颗一颗凝结，连缀，绵延不绝的连珠纹飘扬不起。润泽的莲瓣穿过无数的长夜，依旧落不到枯槁的手中。

还有什么比坟冢之内的飞翔更残酷，更卓绝呢？还有什么比绝境之中坚守梦想更痛苦，更高洁呢？即使天柱摧折，沙海沉陷，留在人间的神女，也依旧以其瑰丽的飞翔，扇动着往古和今世梦的热情。

1993 年 10 月

冬　至

日照渐渐地短了，便觉着午后的楼影变得很长，很深。在楼影里匆匆地走过，倒像是在峡谷里走过，风很凌厉地迎面而来，带着一种怪异的声音。许多人就此伤风了，我当然也是。探一探额上的温度，就想起北极圈里的人爱患的一种叫作“冬季忧郁症”的病。对比起冬季忧郁症，伤风实在是不值一提的小事情。我的家乡长夏无冬，为此我该感到幸运。

然而日照毕竟是短了。太阳仿佛在远去，远去，万物都零落，瑟缩着禁闭起生长的跫音。像是生病的时候，人们才记起了自己的身体，此时远离了太阳，人们便开始用火去追寻太阳。长夏无冬毕竟是一种虚妄。

这天的黄昏来得太早，仿佛午时刚过，四下里就响起夜饭的爆竹了。所有的楼影都连成一片，很沉的无边无岸的一片。芥末似的几点雨粉稀疏地飘过，极简短的，却使这爆竹带上了一种阴雨的滋味。——冬节来了。

于是，我们回家。

蚂蚁回家；蜜蜂回家；青蛙钻入泥穴，把体温降到冰点，回家；蝴蝶蜷缩成蛹，囚禁起所有色彩，回家；益母草遗下种子，而后成片倒下，以灭亡的形式回家；忍冬藤乱纷纷脱落了叶子，让所望沉入根茎，以枯槁的姿容回家……

冬是家的节日。冬是回归的节日。如同成年的鲑鱼无论漂游了多么遥远，去到了哪一片海域，最终都会回到它们降生以及出走的那一条河里。如是，在距离太阳最遥远的日子里，那团圆的烛火之下，就响起夜饭的爆竹了。

在冬的日子里，想着家这个字，始终觉得是个困惑的事情。像一团根须纠合在一起，终究理不出头绪。每一脉都会引你走得很远很远，很深很深；每一脉都会使你迷失，进入一片混沌。西人沿着教堂的尖顶，走向上帝的路程，和我们沿着根须走回家族的路程，是一样的吧？一样的难以言表，一样的不容亵渎，一样的足以耗尽一生，一样的为着最终的归宿。却何以是一个向上，一个向下？

有一句老话叫“叶落归根”，说的就是冬的事情，说的也是家的事情。其实，叶落何以就一定归根呢？有风，有流水，有兽的足踪，有鸟的羽翎；……西山的木石不就被精卫衔去了东海吗？三叶树的籽实不就随洋流从另一片大陆漂到了这一片大陆吗？地球载着我们，在宇宙中漫无边际地浮游，从这个区域漂到那个区域，每一天都面对陌生，永远不会返回初始的道路。恒定的是什么呢？然而我们信仰家，信仰我们的出处，信仰那团纷繁茂密理不明了的根须。

远古的时候，我们曾经拥有过多么盛大的春的节日，那个野外的节日，那个青春的节日，那个风一样自由奔驰的节日，那个春草一样生机勃发的节日，那个敞开的节日！现在我们不再有了。我们的史籍一页一页地增厚。如同我们一件一件地加衣服。现在，我们闭门拥裘，合家团坐，为先祖而举杯，热切地传承着我们冬的节日。春是芽的，是枝叶的，而冬是根的。有哪一种信仰，哪一个民族，比我们更深切地懂得什么叫作“根本”呢。

叫人想不清楚的是，在不信鬼的时代，冬节里那一串爆竹，究竟是为着驱赶什么？

太阳走到了冬至点上。入冬了。万物都开始休眠。人的心也静下来了吗？日子很冷。然而此后，日照却该一日一日长了。

1991 年

榄核与船

我的出生地其实离海并不遥远，而我走到海边，却是许多年以后的事情。那个年纪对海的幻想已经掺进了种种恐惧的成分，恐惧是一围院墙，年复一年地向里深入，人便学会了收缩自身。我习惯了待在圈起自己的地方，忘记了身手的舒展，到得海边的时候，已经学不会冲浪和游泳了。

于是我得到几只榄核雕刻的小船。精致得令人心痛的小船。贴到鼻尖上观赏，可以看见它有饱满的船篷，镂花的围栏，闲适的篙橹，甚至悬在桅上的有一盏几乎可以透亮的风灯。掌中的榄核之内，一盏不知风为何物的风灯！冲浪和航海毕竟是一种险象环生祸福无常的运动，是祖上的谁被其吞噬过呢？我们就逃，一路地逃，筑起我们的围墙，越来越高，越缩越紧，逃到自己的掌上，在一只榄核之内，伸展我们扬帆远航的骚动和梦想。为着沧溟空阔或斜风细雨那样一种古典的情致，我们没有忘记携带一盏浸透诗意的风灯，尽管那是一盏米粒大小的风灯。

摆弄着那几只榄核，就觉得自己是没有大海的人。

然而风是从海上来的，绿色是从海上来的，生命和生命内里的潮汐是从海上来的。与星月对话是海上的事情。除了远航漂泊，还怎么指望星空的浩大和明澄照彻自己的周身？

惠特曼的诗里说：有一个天天都出发的孩子。我知道那孩子是出发到大海上去的。天天都出发的孩子，必有海一样阔大和自由的灵魂。

而我是在围墙之内长大的。人口众多，生存空间是如此拥挤。无所不在的围墙。无所不在的行为规范和诘问的目光。从窗洞中感受一下外面世界的波浪，脚下就倾斜了，仿佛四壁之内，也处处充满着波浪。从哪里出发？奔向哪里？为什么我的血脉之中会发出一种喧响，如此吻合于海洋的喧响，而我的神经构成又如此恐惧于这种喧响？

宋词有“庭院深深深几许”，一时传为名句。其时我们的许多先祖便是如此恐惧着，避开乱世的浮沉，退缩到深深庭院之中，营造他们的假山，流泉，以及苔痕了。在间隔开海洋也间隔开大陆的院墙之内，是一方宁静的乐土，有琴棋书画，有花鸟虫鱼，有三曲或者九曲但永远长不出院墙的古松。假山中有亭，亭中有酒，酒中有诗，诗中有糊涂。微缩是一种艺术，正如风雅是一种艺术，避世也是一种艺术。艺术家们便这么艺术着，寄情于“山水”之间了。

可悲的是心灵难以满足，即便为了某种情致，生存空间似乎也需要开拓。外拓是痛的，内拓更是痛的。掀起内界的风暴比之掀起外界的风暴更加面临灭顶的可能。此外还有第三条路么？似乎有的，那就是把自身再度缩小。“夏蚊成雷，私拟作群鹤舞空。心之所向，或千或百果然鹤也。……又留蚊于素帐中，徐喷以烟，使其冲烟飞鸣，作青云白鹤观，果如鹤鸣云端，怡然称快。”把玩一个掌上的世界，是安全的，闲适的，甚至是有情趣的。人的确无所不能。只要自身缩小，空间便是无限的了。然而，自身真的可以无限地缩小么？我们的艺术家们已经在榄核上造舟，米粒上绘画，发丝上刻字……比米粒和发丝更缩小的将会是什么呢？

把蚊群认作凌空翔舞的鹤群，把一顶帐子罩住的天地认作苍天瀚海，毕竟是一种病。虽然血缘所继，我却不愿意染这种病。缩小自身，毕竟是以泯灭远航的激情和溺毙自由的灵魂为代价的。我不愿意这样微缩式地活着，在米粒之上镂刻我的诗。人在世上存在，是需要理由的。继承和发展一种病绝不是生存的理由，尽管这可能是一种“风雅”的、“艺术”的病。

海是大的。海离开我其实并不遥远。本原的现实离开我其实并不遥远。全部的问题在于：我走得出这道围墙么？走得出这些诘问的目光么？走得出那盏米粒一般的风灯虽然渺小，但是情致诱人的灯晕么？榄核虽经雕刻，毕竟仍是榄核。我的船在哪里？

“很久以前我丢失了一头猎犬，一匹栗色马和一只斑鸠，至今我还在追踪它们……”于是，梭罗到瓦尔登湖上去了。他和大自然如此相近，和人类自由的灵魂如此相近。我所丢失的同样贵重，我知道我只能以整整的一生去追踪它们。

本原的现实阔大而且渊深，任何物品都无从朋比，无从替代。为着追踪大海，必须有一个天天出发的孩子。

在追寻的路途中，假如迷失，我想我会祈求星辰，询问日月，或者俯身察看一株今晨刚刚舒展的蕨草，而不会手持一柄放大镜，慢慢辨认刻在一颗米粒上的名士题记。

1991 年 11 月 23 日

女　书

设想一下秦王扫六合的赫赫气势，便可以知晓两千年前那场统一文字运动的绝对权威了。几乎是一夜之间——在中华民族悠长的历史之中，那一个瞬间是何等短促，木叶惊风，鸣禽散尽，乘始皇帝不可阻挡的威仪，汉字便迅速地获得它的一统天下了。

然而，仿佛是为了证明皇权的缺陷，或者证明弱小生命的顽强，在清一色的方块汉字密林里，却有一枝别样的草叶在禁令之中生长。她如此纤弱，随时可以被横过的马蹄踩断，事实上，她肯定被踩断过许多回，但她游丝一样的生命依然延续，直到后世的文字学者发现了她，并称为“女书”。

女书的发现地在湘南江永，这狭小的潇水流域，该是漂泊流离的女书最后的栖所了。关于她的源流，今日已难以追溯，我们所能看见的，只是她最后的寥落的身姿，在五岭闭锁之中，留给山外过客的惊鸿一瞥。一种文字因妇女的创造和传承而得以存活，因普通农家妇女的珍藏和沿用而流传至今，这在世界的文明史中极为罕见，在中国大一统的文字史中更是闻所未闻。对此，无论学者们予以怎样殚精竭虑的解释，其内中的某些疑问，只能是女性世代的秘密了。

女书的字体呈长菱形，仄纤垂下，如风吹柳叶的飘荡。她的姿态还可以让人想起旁的一些意象，比如女桑，那种柔嫩的清癯的枝条；比如女萝，那种细弱的顽强求生的蔓草；比如山民们对她的别称“蚊脚字”，因她修长的笔画有如长脚蚊的舞蹈。这使我蓦然想起在遥远的国度一位遥远的诗人有一句遥远的诗：

如长脚蚊在河流上飞翔，
她的思想在寂静中滑动。

假如我竟然拥有一册女书的作品，我会把这句诗题在扉页上。无论多么遥远，我愿意相信心灵的感应是可能的，这原是绝望的生存中如弦颤动的一线希望。

男人总是言说者，他们视女人为静静的听众，忠实的听众，即使偶然发问，也不过是为了更虔诚地倾听。于是女人在女人之中寻觅听者，女人和女人互相倾听，这便是女书得以生成和流传的原因。女人在女书中成了言说者，成了主动创作的诗人。

“自己修书自己诉……”这是女书作品惯常的开篇。这样的开篇让我看见一位农家妇女，绾了髻坐在冬雨的窗下，髻上的红绒绳已经暗了，围裙角的蓝菖蒲也开始脱落了，她把一方布帕展开在膝上，削一支竹篾蘸墨，写这样的开篇。

因为妇女是没有书案的，从她们蜷在炉膛边，聚在禾坪上，听母亲或婶婆传教女书的时候，她们就知道摊在桌案上书写是“男字”的写法。没有权利掌握“男字”的妇女，在膝上书写自己的文字，就像她们把婴儿放在膝上听她们唱古老的歌谣一样。古老的情感随檐雨垂悬而落，漫漶了墨色尚新的情感，山势重重叠叠围拢而来，其巍峨令人浩叹，如浩叹世世代代循环往复的命运。

孳乳造字。这个令人想起母性的词，用于解说女书的创造和派生方式，是很贴切的。女书终于与方块汉字分岔，进入表音文字的道路，我想这一定与妇女吟唱她的声音，以及声音中注入的情感有关。毕竟，倾听是女性感受世界的基本方式。然而就是在她象形的部分，女性的目光也是显而易见的。圆点是不动的星；飘旋的是流动的云；草，是草木葱茏的情状；种，是种子撒落的瞬息；河在日光下波纹起伏；鸟的造型真多，只有山里的女子是这样区分鸟的，并懂得它们各各不同的灵性；而依然哺乳的“母”字，就不再是“男字”那里的屈跪形，已然是站立的了，自然这是一种理想；还有哭，所形不似双目，而似垂落的泪滴，我想这是因为哭泣于女性来说，并非外部世界的故事，而是自己内心里的故事，旁人可以瞥见哭泣的双目，而哭泣者只能看见落下的泪滴。

重山围拢之中，路径总是狭窄的，何况除了回家的小径再没有任何道路。女书中所诉的便总是这种回家的悲辛。这样一种千年雷同的悲辛，竟然支撑了女性千年的吟唱，从未枯竭过的，成为一种女性文字的生命之泉，可见这种悲辛的浩大和渊深。这种悲辛是不分年代的，年代的变迁在这里几乎不留痕迹，这是生活的常态，是底部的不变的部分，所谓正史，或谓野史，都从不注视底部生活的常态部分。犹如山谷的草木生生灭灭，远远望去，它们构成了某种风景的底色，仅此而已。有谁会走近前去，留意倾听一株草木的悲辛？

出嫁的时候，她们互相馈赠自己装订的本子。她们制作得很精致，黑布封面，蓝布里子，红布包角，装订的针走的是双线回字格纹。在哭嫁的日子里，她们唱着这样的词儿：“花轻如风到远府，难舍难离泪双飘……”一面把母亲和姊妹最庄重的馈赠收在抬盒里。那些本子，有的写满母亲的辛酸或姊妹的祝愿，今后将会渐渐夹满收藏者心爱的彩线或剪纸花样了，还有的是空白的，留着给出嫁的女子书写自己日后的辛酸。

顺从命运，顺从一代又一代几乎毫无变化的命运，哭着，憧憬着，吟唱书写着，依旧顺从无以抗拒的命运。顺从是一种恒常的悲哀，使田土在育秧的季节就枯老了，旷阔的天空和柔和的摇篮曲也布满了皱纹。

从前喜欢旧诗词里那些古典情调的故事：驿寄梅花，鱼传尺素；还有鸿雁，被囚匈奴的苏武写信于帛上，系于雁脚捎回，而“天子射上林中，得雁……”等等。但女书没有这种浪漫。她传递的范围太小，几乎可以认为是不传递的，她是世上最寂寞的文字，做着一种最不为人所知的表达。

一个农家妇女，从少女时代的第一张布帕开始，持续不断地写着，写着，究竟是一种什么样的祈望支持她们写着，直到老去？她的读者，仅是一两个一同老去的姊妹，假如幸而还有姊妹的话。到她离开这个世界，离开回家的小径，回到泥土里去的时候，她写了一生的自传也就亡故了，随她一同被焚毁了，被埋葬了。据说有极少数会被女儿收藏起来，延续了一些时日，最终依然将随女儿一同埋葬，逃不出人死书亡的命运。没有一部女书，是可以传至三代以上的。每一代的妇女都在原处开始书写，如旧年的草木枯老衰亡，新一年的草木又在原地原样生长起来。这种没有任何个人期待的传承，将任一星点单个人的生存意义都剥蚀殆尽。

女书的优美是残酷的。

我们常常在说黄钟大吕，用一种铿锵的语调，一种不容置辩的神情，似乎往古的十二音律中，只有这二者有资格得到我们的回应。黄钟，大吕，是正统正道的，端端地置于北方，如帝王坐北的威仪一样。

而我，是多么想听听南方的蕤宾或林钟，多么想听听那弱势的音律，是怎样一种有着草木氤氲之气的声响，还有那些翻不过的崇山峻岭，是怎样向卑贱的生命倾泻风雨。

我设想有一名山里的女子，试图逃出人死书亡的故道，试图逃出农妇世代唯一的小径，她学远洋的水手的呼救方式，放出一个漂流瓶。

我设想这个漂流瓶是幸运的，它顺着潇水漂向长江，随着长江汇入大海。然而，这以后呢？海岸太辽远了，而太辽远的海岸大多荒无人迹，我无从猜测海流会把它带到哪里。我不能祈望它会漂上有人居住的海岸，不能祈望匆匆过往的人们会有一个弯腰把它拾起，不能祈望拾瓶者会辨认瓶内的文字，更不能祈望展读者能够读懂文字底下的悲辛。

这种呼救方式是绝望的。生活本身就是绝望的。然而，正是绝望之中的一线希望，即使细若风中的游丝，却构成了个体生命真实的意义。

1997 年 3 月 24 日

叶的骨骼

这是一个陈旧的比喻：树。

我们生活的城市，已经很少东西与人的生命本质相关或者相似，所幸还可以看见树。我非常喜欢林子里蒸腾着潮气的老树和幼树，喜欢高崖上兀立挺拔，成为某种标志的松树或柏树，喜欢在田边村头，洒些许古老的荫翳的榆树或槐树。但还有一种树，因为时常相对，它们进入我的感觉更深一些，那是在城市的逼仄中仍然不死的树，它们大多营养不良，而且时常被粗暴地修剪。

等待一棵树的长成需要时间，等待一个诗人的长成同样如此。这种时间不能以流水线上的计件标准来计算，甚至沙漏也不行，这种时间是看不见的。

一棵树只长它的遗传密码注定了的那种叶子，一个诗人只按照他心灵的质地写诗。风，雨，虫灾，干旱，斧斫痕，工业废气……可以使某一季的叶子肥硕或者枯瘦，使某些叶子残缺，畸形，从而被认为丑陋或被认为病态美，但其本质的构成是不变的。无论如何，松针不可能像垂柳那样倒挂下来，使悬岩上的风看起来柔软。

诗的生长，告诉我们一些很朴素的事情。心灵的感知方式是很朴素的，创造的使命也是很朴素的，就像在燧石上敲击出火花，就像叶子在枝头萌生伸展。我怕读那些很华美很玄妙的诗论，因为在那样浓重的烟霭里，一棵树很难呼吸。我愿意承认那里有许多智慧，但我不承认智慧可以成为诗的本质。

事实上，我们肯定会遇上秋风的季节，满树繁茂一夜之间被扫落净尽。我们生活的时代总会过去，我们的青春总会消逝。那些曾经与阳光和月光都靠得很近的叶子是无力抗辩的，泥土自然会融解它们。幸运的诗人会有一两片叶子恰好被岩层选择了，这未必是那棵树上长得最漂亮的叶子，更未必是那片森林中最出色的叶子，但恰好是它飘落在被选择的位置，从而被岩层拓印下来，成为记载某个时代的化石。

被选择或被遗弃，这很偶然，也很无理。但我所知道的一个事实是：有一些叶子即使适时地落到了最有利的位置，也还是不会在岩层上留下痕迹，比如那些滤去水分便没有自己的形状的叶子。而最终保留下来的，必然是有骨骼的。我们所见过的树叶化石，总是叶脉清晰，甚至比翠绿多汁的时节更清晰，这是树叶的骨骼，岁月使它显现出来。凭借这个，我们感知它生动的姿态，感知远古的诗人心灵的本色。

我想，我已经学会了等待。在等待中，我明白，诗是一个进入内心的事实，而是否倾泻在纸上倒在其次。

1995 年

人　牲

十个世纪以前。或者，是五个世纪以前。又或者，是二十个世纪以前。二十年以前。都不确切的，这个世界和那个世界的纪年完全不同。

这是一个文明的世界。灿烂辉煌的文明。如日中天的文明。太阳的文明。鸿烈煊赫。无与伦比。漫空是太阳燃烧的气味。

人牲醒来了。

他是被骨骼里的拔节声惊醒的。丛林里热气蒸腾。湿土的热气，青草的热气，树木的热气，都喷薄而起，浓郁地涌动着，争相向临朝的太阳而去。丛林里无数的光柱，是无数条通往太阳的道路，进入那些道路的水汽和尘埃，都通体流金。

人牲嗅着体内拔节的气味是金黄的玉米气味，声响也是金黄的声响，这气味和声响让他觉得舒快安适。他记起从前母亲怀抱着他时，那种温煦和沉醉的神色，怕就是因为这种气味和声响。玉米拔节的声响他是熟悉的，那很谦卑，很清爽，在夜里，细沙似的，什么也不惊动。而他不曾知道，自己的骨骼也是有拔节声响的，所以他被惊醒了。那声响有些性气，金属似的铿锵，有一种异样的疼痛，很醉人。

人牲是没有名字的，那大片大片的玉米也没有名字。砍倒一片林木，祈求太阳烤干，之后放火焚尽，人牲和他的父兄们便在灰烬之上用尖木棍挖穴，点种下金黄的玉米粒。每个穴里是一株玉米生长的位置，但循例要埋进去几粒种子，多半种子种进去就是为了夭折的，为了剔除的，多株的毁弃可以保证一株的存活。太阳御赐昼夜的交替，也御赐了玉米的生长。假如玉米需要名字，它们可以依次叫毛芽芽玉米，青离离玉米，开花的玉米，抱苞的玉米……人牲忽然想到名字的时候，他很愿意叫作开花的玉米。如果能叫龙舌兰后面开花的玉米就更好了，这样人们会想起他住过的龙舌兰后面的树皮屋子，会想起他，而不是另一株另一片开花的玉米。

一条光柱移到人牲的额上，慢慢溢开，从眉棱而眼睑。一时万千金星攒射。他本能地躲闪，透过合起的眼睑，他看到无边无涯的鲜红，为金光照彻的鲜红，通明的，眩惑的，不能挡开的。这就是太阳穿入身体的样子。

他们年复一年围绕神庙祷祝太阳，齐齐仰望的人海之上，一浪一浪都涂抹了胭脂树红。神庙的台阶是红的，石柱是红的，圣水槽也是红的。炽热而翻沸的红海之上，却有森冷的潜流震颤而来，穿心而过。那是黑暗恐惧，末日恐惧。没有人向他们传授，然而他们在最赤诚的膜拜中，却得知了宇宙死亡的消息，世界循环的消息，太阳终将毁灭的消息。为着摆脱这些魔鬼的消息，拯救这可怖的毁灭，他们必须不断地献上太阳的养料——人的心和人的血。

人牲最为景仰的人是他的父亲，那是一个长着红砂岩面孔和红砂岩胸膛，通体散发着成熟玉米气味的男人。在一个他记忆中最盛大的祭典上，那个男人带领一群男人击败了另一群男人，赢得了一场石环球戏，赢得了千万人的眼睛，也赢得了万神之神太阳的眼睛。

球戏场宽如天宇，那些被神选中的男人如星宿在天宇中流转。神喜欢看这球戏，人也喜欢看这球戏。神在高高的神庙顶端看，在天上看，弯弯的嘴会笑，像美洲豹露出牙齿。人在地面上看，摩肩接踵地看，厚厚的唇也笑，唇齿间满是砂石。

刮过去一阵红色的风，刮过来一阵白色的风。红色的风白色的风卷起，成为风柱；又摔开，遍地烟尘。比战争更酷烈的拼杀声、呼啸声和石鼓声。在绝望的争斗之中，神将最大的恩典赐予了那个红砂岩面孔男人，因为他是最英勇最奋力的男人。——一个球穿过了高悬的石环——这是神才能完成的事情，神引领那个男人完成了。于是，他的灵魂也穿过那神设的石环，上升为神。

那个男人顷刻之间成为万人之中的英雄，备受仰慕的神的化身。神庙上的祭司授他以尊贵的雉鸟绿翎。所有的亲人都在分享这荣耀，所有的目光都惊羡那华丽的羽翎。那个男人在荣耀的引领下，一步一步踏上神庙的台阶，多么巍峨，宏伟，直通太阳的台阶。人们看见，通红的天阶有一丛绿翎缓缓向上移动，越来越小，终竟抵达顶端，融进太阳耀眼的白光里。

在那里，祭司用圣石刀剖开他的红砂岩胸膛，把他的心脏剜出，托起，举向天空，把他的热气，把他的力量，奉献给太阳。

这个故事人牲听过许多遍了，他仿佛就是为了听这个故事而生下来的。许多次他站在天阶底下，远远望向高耸在入口处的太阳石。石上的纹饰繁华富丽，太阳神在花团之中伸出舌头，长长地直挂下来，像人用长瓢吮吸龙舌兰汁。但太阳神吮的不是龙舌兰汁，它要求的是献上人血。

人牲至今没有戴上绿翎羽饰，他只有卑微的黑曜石耳环，只在玉米地里玩耍的时候，把一撮玉米穗穗戴上头顶，迈了步子试试。他有了一把石斧，长的，跟每一个长成青离离玉米的少年一样，可以砍树，也可以砍人。

神派遣他携了石斧出征，加入规模宏大的花之战，神谕示他多多俘获敌方的少年，被俘获的少年将尊称他为“我亲爱的父亲”，神也将授他以鹦鹉的红翎或者黄翎。这是比石环球戏场地更大的游戏，红色风暴匝地而起，白色矢雨漫空而落，丛林里日夜是石斧互斫的厮杀之声。

万神之神——太阳神老了，这是人们最惊恐不安的事情，最以为要抵挡的命运。人的生命是太阳神所赐的，人的命运也是和太阳神一体的，神的命运涵盖了人的命运。如果厮杀之声能使神从垂老的昏睡中醒转，那么，厮杀就是人的天职;如果少年的血能滋养神的精气，那么，奉上鲜血就是人的荣誉。交战双方为同一个太阳而战，他们都是太阳忠诚的奴仆，他们不争夺土地与财富，他们争夺的是忠诚。

人牲没有俘获到敌手，却被敌手俘获了。遍体鳞伤的敌手将他扑倒在地，然后，拽住了他的黑曜石耳环。

他遵从神的谕示，垂手称那敌手“亲爱的父亲”。于是，他有了两个父亲，一个头戴英雄的绿翎，另一个也将身披红翎或者黄翎。“亲爱的父亲”用苇绳串起猎获物的耳环，使之相跟成串，牵着他们走出一片丛林，又走进另一片丛林。那所龙舌兰后面的树皮屋子远远地一掠而过。人牲就这样成了人牲。

太阳吮干了树丛中的露水，草丛中的露水，用过露水的太阳伸出白炽的舌头，要求享用节日盛餐了。

人牲忽然有一点害怕。

太阳穿过身体，看得见透亮的掌中和臂上有猩红的血汩汩奔流，听得见整个胸膛有几乎破堤而出的潮汐声，猩红没过头顶，窒塞他的喘息，他觉得这是死神的样子。他看见一个巨大的骷髅，当中长出一棵通达宇宙四极的圣树，每一片叶子都是饱吮龙舌兰汁的长瓢，树颠站着一只三足金乌，他觉得这是死神的样子。他看见空中游下来一条羽蛇，周遭是云纹围绕，通体是羽翎纷披，尖利的牙齿一把一把石刀一样在阔口中并立，一个可以吞掉整个世界的阔口，一个可以嚼碎所有生灵的阔口，他觉得这是死神的样子。

风吹过来欢腾的声浪，潮水般拍打着，不断地上涨，上涨……人们从角角落落涌向神庙，一路载歌载舞，并将终日载歌载舞，入夜时分也将燃起篝火载歌载舞。这是太阳的节日。金碧辉煌的节日。人们渴望盛大的节日，因此渴望神的节日。一个到处涂抹着胭脂树红的节日，一个用繁华丰盛娱神也娱人的节日，一个膜拜和献祭的节日，一个神开怀畅饮的节日。人牲知道他的母亲和兄弟也在歌舞的人群里，就像当初那场石环球戏进行的时候，他和母亲在人群里歌舞一样，手中捧一颗有心的形状和颜色的仙人掌树的果子。

风刮过丛林，一阵一阵，如同刮过火焰，整一片丛林都红了。

人牲的躯体都染过了胭脂树红，额和头发也染过了，现在，他不是一株开花的玉米，而是一株开花的火焰。这株开花的火焰已经站在神庙的脚下了。

声浪漫过头顶，滚荡，翻沸。从神庙上泻下的，从地心里涌出的，都是喧腾的激情。假如世界是有缝隙的，每一个缝隙都被激情灌满了。这是太阳神降临的时刻，愈渐凶虐的燎烤，愈渐浓烈的焦炙气味。人牲看见前后一长串的人牲，一长串开花的火焰。他们都是受派去见神祇的使者。一长串的同伴让他觉得心安。

他不再想他的灵魂能不能找到那条通往龙舌兰的小路，能不能认出他住过的房子。他看到他的灵魂已被炼成通红的流体，汇入许多流淌的灵魂，在通红的灵魂之海中再不可分，这是众人的灵魂。

他踏上了台阶，因为前面的人牲已经踏上了台阶。他搓去掌中的尘沙，准备像前面的人牲那样双手举过头顶，抚一抚入口处威严的太阳石。

这是天阶啊！这是他梦中的道路，也是他梦中惊厥的道路。这是神君临天下的道路，也是人向神献祭的道路。人通过这个入口步步接近神，也只能通过这个入口乞求神，捍卫神。这是忠诚的道路，是不归路。

巍峨的天阶。宏伟的天阶。是神迹还是人迹？直耸入太阳之门。

猩红的血从天阶顶端流淌下来，在每一级阶石上渗开，让每一级阶石丰润饱满，而后一级一级向下淌去，在每一个转角都开出一枝火焰之花来。漫空是腥鲜的气味，是生灵的气味。这是太阳神嗅之而心喜的气味。人牲知道神是怎样为自己涂抹胭脂树红的了。他一直相信这是万能之神的神迹，是他永不能窥探的。不幸他现在看见了。他看见了永不褪色的猩红的秘密。

此刻，人牲已经看不到神庙脚下的膜拜者了。他们将他献给了万神之神，他们用歌声和祝祷声将他一直送到天之绝顶。

人牲踏完了最后一个石阶。绝顶之处是更高的天空，没有太阳的金子御辇，也没有羽蛇乘驾的云。举目四极空阔，甚或连四极也没有，只是无物的空阔。

人牲看见前面的人牲走向石台的中心，四个祭司执起他的四肢将他翻倒。一个精致的土拱将他的躯体托成美丽的弧形，于是他的胸部兀然向天空隆起。一个身披羽翎的祭司举起一把圣石刀——人牲看见那是一把睁圆眼睛呲出牙齿的圣石刀——猛地剖开那隆起的胸膛，将一颗热腾腾搏跳着的心脏剜出，举向无物的天空。

血浸没了人性的双足，他通体是腥鲜的气味。无物的天空也漫溢着腥鲜的气味。

现在轮到他了。

人性仰面倒下去的时候，只见一片刺目的白光。他终于看见了神的样子。

2003 年 1 月 7 日

死亡谷

死亡谷的统治者是死亡大帝，他至高无上，对任一种生命都施以死刑。

山脉重叠高峻，构成屏障，这是死亡大帝布置的城墙。时间擦在城墙上，犹如云絮擦在太阳的芒上，消失的是时间。没有一场春雨能逾越城墙，也没有雪。死亡谷的岁月是不变的，死亡谷的领地永固。

谷地的焚风若地狱之火，竟日猎猎。岩石痉挛着，滚动。它们刮擦，碰撞，互相击打，声若百万铁蹄杂沓，千万刀兵杀伐，日复一日的伤耗，年复一年的战争。外敌是空中过往的云，以及投到谷中的云影。无论薄云还是浓云，含雨或不含雨，都会激怒死亡大帝，引发死亡谷更强大的火力。火焰狂奔扑上空中，将入侵者舔舐干净。

季节在世界各地轮转，唯死亡谷除外，死亡谷没有季节。雨水在世界各地轮转，或多或少，没有一个地方不能下雨，死亡谷除外。世界在使用任何常识时，都必须将死亡谷除外。死亡谷置身世界之外，巍巍然对抗常识。

反复焚烧过的土壤只栽种死亡。死亡是焦黑的，更悠久的死亡是白炽的，茫茫白砂，是时间风化的尸骨。许多世代过去了，许多地质年代。死亡谷依旧。死亡能够禁止一切，已知，未知，历史以及未来，记忆或者猜想，禁止鸟群从上空飞过，禁止月色暗示潮水。死亡谷的特色便是死亡，死亡无疑恒定。

未能逃过死亡谷，缘于我的无知和不幸。绝望的夜，是陷落死亡的过程，区别仅在于是否安顺地接受这过程。

一粒异物击中颅顶，未知是沙砾，还是死亡的令箭。直至我感觉异样，仍不相信那是雨点。愕然张望天穹，眼睛再被击中。雨点渗入眼睑，弯入颈项，由发梢滴落。许久，才唤醒有关雨的认知。

下雨了。

没有谁相信死亡谷会下雨，死亡谷禁止下雨。

然而，下雨了。

望不见的天穹。不可知的天穹。死亡大帝未能统治的天穹。竟然下雨了。

一千年没有见过的豪雨。一千年没有见过的事情并非绝不可能发生。在无穷而且未知的天穹之下，任何事情都可能发生。

雨水落入炎威，落入热浪，岩崖发出淬火般的尖啸，漫谷白汽滚沸。雨水洗刷峭壁，灌入裂纹，我听见绝崖有了瀑布，谷底有了河流。古老之至的岩块漂浮起来，恓惶在水面上，它们的骨骼尽是空洞，原来已经这样轻了。仅仅一昼夜之前，它们还巍然端坐，圣像一样地神圣。下雨了。日里夜里的豪雨。世界上没有一个地方不能下雨。普适于每一角落的叫作常识。死亡谷击退过不知多少雨云，但终有一场豪雨超出它的预计。

我在死亡谷意外醒来的那个早晨，遇见了我一生不曾见过的盛大花事。

漫谷的野花，瀑布一样开在崖上，流沙一样淌在坡上，潮水一样涌在所有的礁岩上。鲜活的色彩绽放于死亡之上，分明是生命对死亡的挑衅。这些莹白细碎的，蜿蜒在黑石滩头，疑似夜之幽灵。这些灿黄明艳的，星星点点跳动，恍若沙漠金子。纤弱的蓝铃悬在高处，当风摇落水雾。火焰草相互簇拥，结群成阵，浩荡如飘行的旗旌。这是奇迹的时辰，死亡谷突然盛放生命。

连上帝也不知道这些种子是从哪里来的，漫长且残酷的岁月它们隐匿在哪里，花和叶的密码如何完整收藏入细小的籽粒。它们尘埃一样卑微，沉默。赤风横行，反复抽打它们，欺辱它们，同时也散播它们。

这个秘密死亡大帝是不知道的，甚至种子自己也不知道，它们彼此失散太久，它们的形貌已经全然无异于沙尘。

而我看见了那个时辰，那个自然的时辰。原来死亡谷能盛放如许绚烂的生命，原来死亡谷遍布种子。

2019 年 4 月 7 日

地平线以远

生存于荒漠，你必须支撑自己，必须支撑你带到荒漠来的另一个人。

无论你的骨头是否已风化，血液是否已冷，天边的晚云是否已成灰。

你必须张开掌骨模拟树木，呼气模拟春温，假如还能有泪，便借以想象谷雨时节的雨水，用你的叙述，制造一条小溪和一只翠鸟。

远方。你说。

荒漠之外。你说。

你对另一个人说。那是荒漠中另一个活物，生存在荒漠的另一个人。他陷落于荒漠是你的过错，因之你负有责任。

而对自己，你已经沉默。你知道自己骨头的状况，你走不出去了，荒漠是你的归宿。但另一个人不是。他正当拔节之季，必须走出去，他不能在这里丢失自己。

流沙掩埋你的脚踵，时日下陷，你要成为一个结实的桩子，正如另一个人成为你的桩子。给予力量，给予亮光，是上帝的事情。你要勉力而为，撑起所有的日子。所有上帝不在场的日子，你都必须是在场者。当另一个人四顾茫然，你有义务成为坐标出现。作为同类，你们需要彼此能够看见，你不能撒手消失，因为上帝不能成为第三个人，他比远方更远。

你必须活着。用干枯的手变出稻种，变出生存的理由，作为生日礼物，送给另一个人。

你必须活着。用燧石取火，拢起千百年来死在这里的草木，它们败亡的生命能够给予你们能量，骨骼芬芳如诗，可以光照，可以取暖，引燃那些歌哭的故事。

风抽打沙砾，剥蚀岩块，你听到你的胫骨坼裂。你梦见夹板和绷带，梦见纸鸢，梦见第三个人出现，翩翩而来替换你，将翅膀赐予另一个人。

当睡眠移动沙丘将你盖住，你必须让另一个人在沙丘顶端张翼。

你从没怀疑过自己的信念：海市蜃楼在这里是一个映像，但它不是虚幻的，它必在世界的某处，在地平线以远。

梦的入口

梦的起始是安静的。

我走在没有人声的街上，早晨，或是黄昏。我想，这是一个安静的早晨。

雾霭总是不散，让每一座楼房生出灰暗的影子，这些影子相互缠裹，把街衢填满，有半扇窗子张开，又阖起，扇动一股小风，雾霭也把小风填满。天光偶尔把它生锈的长剑斜劈一下，使雾霭裂开一线缝隙，有幸瞥见的人们，就凭着那缝隙估摸时辰。

这个城的落尘量很大，一件物什搁在户外，隔夜之间便已尘封。

我走在雾霭和灰尘之中，辨不清路面的年代，只觉得寒气积攒深重，脚落下去，便听到趾骨畏缩的吱吱声。

我记得这里是我的出生地，我在这里居住了大半辈子，我曾经以为认得这个城，然而后来却日渐陌生。我时常在相似而又不似的街衢间穿来穿去，以为拐过前面的街角就能看见我熟悉的斜坡，斜坡上的老樟树，看见那个门脸木实的灰房子，门前呆立的那个绿色邮筒是可靠的，许多年里我往那里投寄过不计其数的心事。这些希望每每骗我，拐过街角，斜坡是有的，却比记忆中的长，而且越走越长，越走越令人疑惑，直到呼吸变成了喘气，老樟树和邮筒还是没有出现。我的记忆越来越不可靠，把我弃置在似是而非的路上。城里的楼越来越高，横直错落组成峭壁的森林，天光只在天上过往，并不探到地面，无法凭借它辨别方向。人落在峭崖底下，往前往后都是眩晕。

我记得我是去找有关部门，但我被眩晕攫住了。我茫然站在阒寂无人的街上，这个城好像是个荒城。

一个骑师摇晃着走来，马蹄溅起一些奇怪的物体，仿佛冰雹的光色，发出玻璃的碎裂声。马太高了，致使骑师的眉眼淹没在雾霭里。我向他问路，他在雾霭里嘟囔了一句什么。我仰起头努力辨别他的意思，十分困惑。他让我上马，或者是跟上他的马，说是可以带我一程。我心想这城原来已经这么古老了，竟会让我遇上古道中才有的人。

我手中攥住了一个铜铃，想必我已经来到马上。我试着摇动，然而铜铃空洞无声。

骑师大约没有回头，以致印象里没有他的模样，他的背影和雾霭融成一片，行走起来只见雾霭晃动。

途经一座我熟悉的桥，这座桥肯定不会骗我，我年幼的时候就会依据它的身躯分辨南与北，依据桥底下的水流分辨西与东。桥面上弓起的钢梁接近云端，每次过桥都惊畏于它非人的巨型。而初次过桥的记忆最是恐惧，因为对这传说中的神器没有概念，远远看见的是悬在半空的铁灰巨物，有如恐龙弓起的骨架，以为自己将要在那巨物险恶的弓背上攀援行走。到了近处才看到原来另有桥面，知道头顶交错的钢梁是用于悬吊桥体的，不是用于走人的。

桥的形体一如我的记忆，桥面的车流也一如记忆。我记忆中清楚的还有钢梁上的铆钉，可是竟然不见了，钢梁仿佛病得不轻，一层厚的黄色膏状物糊抹在它们身上，像是桐油，用于将人滑倒，又像是树脂，用于把蜘蛛粘住，大约是禁止它们爬上去结网。更让我困惑的是钢梁周遭穿上的蒺藜外套，究竟什么样的灾变会造成如此变异，记忆中的钢梁不长蒺藜，现在却是疯狂的茂盛，走在底下森森然的，似乎置身仙人掌的密林。

骑师用齿缝发出一个声音，不要以为自己什么都能记得，一个人的记忆不足为凭。

我默想这句话的深意，却感觉桥哆嗦了一下，不明原因，我相信是蒺藜制造的疼痛。钢梁的结构提拉起一个连体，它会把疼痛从一个人传送到更多的人。

我不能确定我是不是看见什么物体在钢梁上面悬吊，因为他不成比例的渺小，高空的气流推着他打转，有如一枚松脱的铆钉。

风在钢梁的端顶磨它的刃，霍，霍，霍，霍……

那个渺小的悬吊物是谁？他以为经由钢梁能通往哪里去？

一个初到者？以为人过桥是得在险恶的钢梁上攀援而行的，如我先前的误解一样。一个迷路者？需要攀到高处看看清楚这个城。一个祈求者？希望自己的祈求能上达天听。一个绝望者？所有的路都对他封死了，他被逼上无路之路，试图以最直接的路径进入这个城。

他身上没有光，一束目光也没有。有的只是雾霭，人与桥之间的雾霭，人与人之间的雾霭，雾霭使现实模糊不清。

我说，那里好像有一个人。

骑师说，没有。

我说，分明是有一个人。

骑师说，梦话，根本不可能。

我知道以骑师的逻辑，一个人的所见也不足为凭。

我没想到路会那么远，而且越走越远，完全超出了我的理解，城市的轮廓变成一个剪影，退后到天幕上，已经在离我而去。但是此刻走的这条土路似乎倒是我记忆中存留过的，包括一侧的茅草，另一侧的碎砖，路面凹凸的车辙和泥泞。我问怎么绕到这里来了？我本来不必经过郊外。骑师说你不知道戒严这回事吗？我仿佛记得，又仿佛不记得，骑师说，不同了，地震以后，就连树的分叉也跟以前大不相同，路的分叉还能照旧？我想他说的不错，只是心里越发悬空。

我记不起我是怎么下的马，那跟从飞毯下来大概差不多。骑师消失了。

我发现我落在一个结构怪异的处所，一些椎体和圆柱体叠在一起，构成一些互相抵牾的死角，却由假山、假石、假树将其连接成片。一个巨大的球体造成空间弯曲，我的腰背只能随之弯曲。没有路，我猜测我所到的是崖顶，或者是个楼顶。我不辨方向，一时忘记了有关部门的名称。

几个穿制服的人围上来，问我为什么来到这里。我说我是这楼里的住户，想看看我们的水源，也想四周随便看看。

他们互相张望几个来回，仿佛听到了费解的笑话，或者是新奇的外语。然后把脸统一绷紧。——不是什么东西都能随便看看，你得先给我们看看证明。

我说我在这里居住多年，从没看过自己饮用的水，从没看过。他们说那是国家机密，你怎么以为你可以看？我说你们的意思是我每天饮用的是国家机密？他们问我住在几层，我答八层。他们说八层也想看看水源？同时露出鄙夷的颜色。他们问我房子的朝向，我答西向。他们问我有居住证吗？幸好我有。他们接过我的纸卡，看了一眼便随手撕碎，——你还有吗？随手抛给头顶的鸦群。我舞动双手拦截鸦群，企图夺回稀碎的纸片，回应我的是鸦群飞散发出的呱呱笑声。

我在这个结构怪异的地方无法移步，自然没有找到水源，但我相信它就藏在这里，怪异的结构必定藏匿怪异的秘密。

楼顶四周是倾斜的，玻璃拼接的斜面，一层雨水似的物体在斜面滑行，我也在那里滑行。我疑心水里混着青苔，或者某种油剂，我极其小心控制自己，然而还是失控滑到外沿。我极度惊骇。我所见的是何等可怖的高楼，制造了何等可怖的深渊。深渊有一种不可抗的引力，吸住我的目光，一直拉向底部。我挣扎抗拒，想把跌落深渊的视线硬拽上来，四周是陡直的冰川断面，还有冰架开裂的回声。这些非人的物体只能出自魔鬼的斧钺，垂直的冰面伪造玻璃幕墙，玻璃幕墙伪造天空和幻想，缭乱的反光，虚无的散射光，不知其深的深渊中悬浮着数量不明的悬念。如果水从这里跌落，会飞散成虹，如果钥匙从这里跌落，它就不可能回来，从此去往失踪。

我见到了一个认识的邻居，他站在深渊的彼岸，仿佛是在拍照，满面幸福时光，一只手向上天扬起来，而一只脚的后跟已经悬空。我想用尖叫告诉他危险，又怕惊吓了他，反倒加剧了危险。他的手放下来，仿佛搭在一条栏杆上，但其实那里并没有栏杆。一个问题钟摆似的轮番在我胸腔里撞：人是知道危险而可能逃脱危险，还是不知道危险更容易逃脱危险？

因为这位邻居，我判断我的家在相邻的另一座楼里，只是我不能凌空而过，因为我不能相信天空。最近的道路是立刻下到地面，穿过马路，啊，更近的不是下到底部，我记起楼与楼在某一层可以连通。我需要找到电梯或者楼梯去到那一层。

夹角里终于有一扇门，其简陋显见是违章建筑，它通往一户人家，不是一个合理的出口，但却是我唯一可能的出口。

门里的男孩似有敌意，并不答话，只把一侧瓦片般薄的肩膀抵在壁上。幸而他背后的甬道里出现另一个人，看起来是他的父亲。这位成年人面如木刻，但敌意不算太重，也许是因为掩藏较深。

我向他解释我无路可走，希望借道这里穿出去，也许能找到一条路，回家。我不知道我的目的地什么时候已经改变，现在我不奢望找什么部门，只想回家。

他说，我指给你，你付我五毛钱吗？我慌忙答应，虽然我口袋里已经空空。

他家的走廊长而湿暗，左侧淹没在暗影之中，大约是居室，右侧是缜密的铁条，铁条斜上方透进幽微的光线，借助光线能看到外面是一堵水泥墙壁，矗立于咫尺之远，其向上的延伸挡住了天空。穿过走廊他打开出去的门，出现在门外的不是楼梯间，而是逼仄的深井。

停靠井口的怪物想必就是进出世界的工具，姑且叫它电梯，样子像铲车的泥斗。他一跳进去，泥斗就往下滑。我见他即刻就要消失，急忙也跟着跳进去，心脏和两胁立时悬空。

途中的黑暗不记得了。

楼道正是我希图到达的地方，双脚重新落到楼板上毕竟可以庆幸，不管是不是我记忆中的那层。

楼道的昏蒙让人迷惘。没有窗子，不能借助外面的物体辨别方向。我从一头急急走向另一头，所见是灰暗的墙壁连着紧闭的门。我在门上寻找标志或者数字，但是没有，有一个像是曾经有过而脱落了，留下的痕迹怎么也辨认不清。走到尽头我只好折返，回答我的是自己空洞的脚步声。我要寻找的通道不在这里，我应该去往另外一层。

楼梯的两头都是通往不可知的黑井，我决定向下，向下可能离地面更近。到了下面发现楼道的走向和上一层不同，这一层更多的是转角和暗道，每一个都通往不同的迷宫。我想叩开一扇门问路，然而所有的门都没有反应。

我必须相信有一条路是通往出口的，我会在那里看到我熟悉的天光和雾霭，我会回到什么也没有发生的早晨。我从一个转角拐入下一个转角，从一个入口进入下一个入口。一个套一个的入口使我越陷越深，僵硬的暗道里死亡的颜色越来越重。

我开始怀疑我的家是不是存在，因为我没有任何凭证。

2013 年 7 月 18 日

流浪猫与漫游人

结识这些流浪猫是在一个怪诞的时节。那时世界缩小在一个手机屏里，在几寸之间寻找生存所需的一切，米和菜，水和药，亲友的面孔，各种惊悚故事和流言。阳光白白地晒着马路，月光也是，无论手臂如何伸向窗外，到底不能握到它们。春季的寒潮和夏季的雷暴来而复去，门边的鞋日渐生出青苔和菌子。

此时，散步是一个必需品，然而也是一个奢侈品。

计算了一下代价，再计算了一下可行性。把手机撂在案头，代替我自己的定位，然后，戴口罩，开门，关门。

一弯新月，在楼宇的夹隙间，不能确定是升起还是下落。我希望是升起，越过夹隙移到天顶，地上的人一路漫游，总能举头望见。

沿街的食肆多已落下卷闸，还亮着灯的，也空空落落，营业者大半个脸隐在口罩下面，迷惘的眼睛等待着路人。一家拉面店没有卷闸，向街的墙是一面透明玻璃，两扇玻璃门上了铁锁，街灯的冷光漫不经心拂过玻璃，使靠墙的桌椅浮出一点轮廓。

似乎听到有小猫在叫，站定看看果然有的。一只灰猫，约如巴掌大小，被关在玻璃墙里面。它前爪扒着玻璃墙，立起，从墙的这一边焦急地移到另一边，又从另一边慌乱地移到这一边。它显然不理解玻璃这种玩意儿，不知道里外两个可以互相看见的世界其实是隔离的，根本没有通道。它向外扑，撞到看似无物的墙上，被反弹回去，向后翻倒。它爬起来，移动一个位置，再向外扑。店铺里面像一个黑洞，灶火灯火尽灭。它的主人哪里去了？会去多久？他们遭遇了什么？离去得如此慌忙，竟顾不上它，甚或也顾不好自己。有没有留下水和粮？预估的分量是否足够？然而当此多变之年，何为足够，小猫不能预计，店主也不能预计，隔着玻璃墙的路人更不能预计。

风来自天外，路树瑟瑟，落叶划着各自的斜线或曲线，纷纷扬扬，之后在地上停息。

街的西头有一条流水，叫河太夸大，叫溪太雅，本地人叫涌。从前是排污水的，后来经过整治，清理了陈年污泥，布置了许多石块，有几块特别大并光滑，立在左岸充当假山，石上有红漆描的大字小字，如同所有的景观模本。流水和假山的标配是亭子，此处果然也有，理想的情景不难设计，老人在那里吹拉弹唱，吟哦太平世界，恋人在那里相互依偎，祈望花好月圆。

如今左岸依傍假山架设了棚帐，布置了看不见面孔的白衣人，旗和横拉的隔断带将闲杂人等拦开，显出重地的威严。排队等候进入棚帐的人不少，却没有市井的喧哗，都蒙着口罩，露在外面的眼睛也不交流，各自盯在自己的手机上。白衣人的口罩之上还有面罩，眼睛亦不露出，隐在面罩后面。

流水的右岸没有街灯，树影疏落。因其暗而觉其深，适合无目的的漫游人。一柄葵棕的阔叶落下，横在街面，叶柄斜立像古时的兵器，提示人记起它凌空而降时的大响动。

辗转绕过阔叶的路障，廊式的亭子藏在暗处，阔叶遮掩了两级台阶，踏脚时有窸窣之声。亭子的地面有一堆暗物，仔细看去，是一个裹了铺盖睡在那里的人。无家可归的人？有家而不能归的人？青壮？老人？我不能多想。此地晴雨变化无常，有瓦遮头是最低限度的生存。

这条路不通往哪里，一侧是流水，另一侧是小学校的围墙，尽头处是另一堵墙，因为存在太久了，墙上难免生出洞眼，成为小生物的通道，老鼠出入这里，猫也出入这里，还有不为人知的生物，它们是本城没有户籍的居民。

这一方天空略为开阔，然而新月不在，她并没有爬出楼宇的深井，她退出了人们的祈望，落下了，不知落在了哪里。

连日几场降雨，涌间的水位显然涨了，水边错落的石滩，都没到了水底，只剩零散几块还在水面伸出头来。一只猫占据了一块，蹲伏在那里，面朝流水，与我臆想中的猫哲学家十分相像。也许它困惑于水中的鱼之乐，顺流而下的江湖之远。

夜鹭出现了，白羽在夜空一亮，随后停在树冠之巅，长时间一动不动，猜不透它们注目的是猎物还是夜空。此前我只看见城里往来的车和人们，却没有留意到，本城也有夜鹭出生。这生灵日暮起飞，翼展令人歆羡，那是睥睨封锁的依仗，自由的凭证。

猫走动是无声的，但我感觉到了，一只猫跟着我，在一个疑惑的距离之外。应该是一只橘猫，黑暗未能完全遮盖它的毛色。我转头看它，它便警觉地停下。于是我不看它，继续自己迈步，此时我看见我的前方亮起一对荧绿的猫眼。不，不是一对。三对，五对，八对，十对，我数不清数目，远远近近分布于黑暗中，慢慢向我移动。更多的猫从两侧的暗处钻出，四面都是荧绿的眼睛。

我站下来，不知发生了什么事。它们也站下来望我。它们仿佛有些胆怯，有些祈求，有些困惑，偶有一二叫声是难解的细弱。

相持之中，是猫中的智者明白过来，先退往黑暗深处。几只急切者前进到我脚边，嗅了一阵，也随之退却。我终于想起，以往的这个时段，我见过一位给它们喂食的老人，而最近没有见到了。可能因为期盼太过，可能因为行人寂寥，它们认错了，我不是它们等待的人。

那些荧绿的眼睛是饥饿的眼睛，它们等待的是那位挽大提兜的弓背老人。老人认得它们的全部，哪一个胆小瘦弱，总被挤出圈外，需要略微关照，哪一个正给四只小猫喂奶，必得特别加餐。这或是一位独居老人，亦或不是，但关顾这里是固定日程，有如许之多的小生命需要她，每天翘首等待她，她的日子是暖的。她走向它们，为它们围拥，跟它们说话，她的声音是柔的。正常日子里这些毛孩子当然不会认错，然而无论猫还是人，都难免遇到非常的日子。

转出马路又看见了街灯，白光与往日没有两样，在我眼里却有些陌生。榕树的气根长了，密了，犹如多层的幕布，将空间分切细碎，一幕有一幕的纠结，彼此不容易窥看。榕树是此地最为适应的原住民，它们自己创造居所，无论墙头还是石缝，随处可以生根。气根是它们繁衍的另一种方式，一旦接地便迅速抓住任何物体，迅速长成树干，层层的气根迅速变成彼此相连的树林。城里的规则是不断剪除它们的气根，以免城市被它们占领。

接近小岔口的时候风刮来喷香的气味，原来那里有一个卖炒粉的人。一台小三轮打开挡板，变成简易灶台，齐齐排列着炒锅，煤气灶，盛食材和调料的小盆小桶。煤气罐挂在挡板侧面，拉杆支起一盏白灯。卖炒粉的是一个清瘦的男人，接近中年而神情像个腼腆的学生。他眼睛低在繁忙的炒锅里，双手麻利起落，炝锅，下料。鸡蛋，豆芽，米粉，葱蒜，顺序加入在炒锅中翻飞。他不吆喝，热油爆起的香气已经替他吆喝了。一个男孩接过他打包好的饭盒，还在付账，两个女子已经站到灶台跟前。他眼睛跟了一下女子在盆桶上的指点，随即迅速瞥了瞥左右，没有城管，炒勺再次扬起，在炒锅上碰出当的一声。

一只猫径自横过马路，迈着虎步，旁若无人，致使过往的车辆停下来向它注目。它体形健硕，面相威武，两颊鼓起，像两包愤懑之气。它当然看得见车灯，看得见路人，它回以对视，目光毫不闪避。它穿过分割马路车道的铁栏，穿过分割车道与人行道的铁栏，前面是一道红色水马围挡，无人能够通过，它纵身一跃就到了顶部，跳过去了。

我忽然觉得脚步轻快，尽管榕树的根在地下纵横伸张，使路面起伏，仿佛波涛翻腾。

2023 年 11 月 25 日

极夜行路人

人无法选择自己出生的时代，冥冥之中被命运一抛，便落到了时空中的一个点上，于是只得面对自己的时代，一如莎士比亚的戏剧人物所说，我们命该遇到这样的时代。

遇到坏时代极为不幸，譬如20世纪前半期的欧洲，先是第一次世界大战，接着是战后的混乱，大萧条，法西斯横空而出，第二次世界大战。巨大的风暴摧毁世界，也将人们的生活击得粉碎，如果人们曾经在家园栽种过梦想，这时收下的是灾难和绝望。

纳粹德国吃掉了奥地利、捷克斯洛伐克，然后是波兰，1940年春，德国又分别攻下挪威、丹麦、荷兰、比利时、卢森堡、法国，轻松得接近笑谈。强大无匹的希特勒军队一路没有遇到有效的抵挡，此时也再没有什么力量可以抵挡了，欧战至此可说已告结束，全欧只剩下英国尚未沦陷，凭借英伦海峡和皇家空军这两道屏障英国或许可以自保，但反攻欧陆的希望是没有的。

多年以后，我们在历史照片上看到，1940年6月德军占领巴黎之时，希特勒和他的爪牙们踱步在埃菲尔铁塔前面，是何等志得意满，不可一世。空荡荡的天空之下，没有任何障碍物，这些骄横的刽子手，俨然已经是世界的主宰者了。可以想象当年，当它作为新闻照片发布于世界的时候，给人心带来的是什么样的震荡。法西斯胜利了。文明，正义，人道，理性，所有人类美好的部分都如此脆弱，完全抵挡不住恶魔，节节败退直至彻底崩溃。

无数的人倒向恶魔一边，因为人们崇拜力量，折服于强势者，这与动物界的普遍情状一样。无数的人连选择的机会也没有，一下就被碾碎。无数的人逃亡，如遭遇森林大火的蚁群，仓皇纷乱，从一片火海逃向另一片火海。

此时的本雅明便在逃亡的路上。

这位出生于柏林西区豪宅里的富家子，从祖上就在柏林生根开叶，柏林是他的家园，德语是他的母语，他的笔总是在自己情感和认知的根系上打转，《柏林童年》《柏林纪事》《德国悲剧的起源》《德国的人们》，他自然是德国人，同时不幸又是个犹太人。极端的坏时代降临，本雅明没有选择的机会，他突然成了这国家天然的敌人。

1933 年 1 月 30 日希特勒就任德国总理，纳粹冲锋队员们在柏林街头庆祝胜利，举行盛大的火炬游行，无数民众也涌上街头彻夜欢呼。气质忧郁的本雅明有过人的敏感，满城的狂欢使他更清晰地听见褐色恶魔的军靴声正渐渐逼近。3 月他离开德国，逃往法国，开始了他颠沛流离的逃亡岁月。他尝试在法国重建自己的生活，这犹如在漂浮的舢板上栽树，何况他是一个行动笨拙的人。坏运气总是纠缠着他，儿歌里唱的驼背小人隐藏在暗处，总是将他绊倒。1939 年二战爆发，法国与德国成为敌国，身在法国的本雅明也就成为了敌国人，一度被关进法国当局的收容所。国家在他的时代是不可解的怪物，这怪物堵塞了所有道路，他既是祖国的敌人，又是旅居国的敌人。一切有价值的东西都在毁灭，消失，忧郁和绝望无法遏止。时代与他为敌，这是他无法改变的。他继续逃亡。希特勒占领巴黎的时候，他只能在逃亡的路上。他企图翻越比利牛斯山脉，进入西班牙，然后逃往美国。此时那个驼背小人再次绊倒了他，他在边境遇到阻拦，已向德国投降的法国政府拒绝给予德国难民出境签证。

滞留边境的那个夜晚，本雅明抵挡不住身心的衰竭，更不敢想象返回的路，他选择结束自己的生命。对别人来说，也许还能期待侥幸，然而他是本雅明，所有可能的结果之中，他总是得到最坏的结果。本雅明曾在《波德莱尔笔下的第二帝国时代的巴黎》中写道："如果一个人疲惫不堪而用死亡作庇护所，是很可以理解的。"

茨威格也在逃亡的路上。

用茨威格自己的话说："我，作为一个奥地利人、犹太人、作家、人道主义者、和平主义者，恰好站在地震最剧烈的地方。"这位睿智的知识者已经年过五十，读过太多的历史，也写过太多的历史，希特勒的迅速崛起仍然出乎他的意料，起先他以为那煽动家不过是泥塘里翻滚的几百个小气泡之中的一个，很快他便目睹那些有组织的暴力事件一幕一幕展开。恶魔一步一步试探人们容忍的底线，欧洲的文明人却总是自我安慰，以为恶魔也有底线，以为有国界的屏障，外面的事便与己无关。"每当一件事闯入我们生活中间，几个星期以前我们都认为是根本不可能的。"那些"根本不可能的"恶行却在人们眼皮底下一一变为现实。

茨威格目睹第一批逃难的人们，夜间越过萨尔茨堡山地，游过边界河，还无法知晓自己的命运。但他已经预见自己的著作将成为禁书，被扔进火海，他把灾难正在袭来的预感告知朋友，朋友却以老先知耶利米来嘲笑他。他很快也开始逃亡。祖国奥地利并没有保护他，国家连自己也保护不了，终究被纳粹整个吞下，不复存在。茨威格的护照变成废纸，成了没有国籍的人，之后又成了敌邦的外国人。他流亡在英国，从伦敦到乡间小镇。他目睹逃难者一批一批涌来，先来的还能带着衣箱和一点财物，而后的越来越悲惨，已经被剥夺殆尽，沦为乞丐之下的乞丐，苦苦乞求一个可能容留他们的地方，只要逃脱杀戮和驱赶，无论那是什么地方。然而世上所有的地方都是有国界的，又有哪个国家愿意收留这些两手空空来自地狱的人。

茨威格比本雅明幸运，他终于逃离了沉沦的欧洲，逃到了大洋彼岸的巴西。他企图在那里重建自己的生活，如他自己的遗书所说："但是一个年逾六旬的人再度从头开始是需要特殊的力量的，而我的力量却因长年无家可归、浪迹天涯而消耗殆尽。"这个失去故乡的人，遥遥注视着战火中的欧洲，他母语所系的文明，他的精神故乡，每一天都企盼天边能有一点点曙光重现的迹象。他所见的却是毁灭，毁灭，毁灭，黑暗越来越重，吞没了世界，连一滴星光也不漏下来。日复一日的坏消息，更将他的希望耗尽。1942 年 2 月 22 日，茨威格在巴西服毒自尽。他留下的遗书写道："我向我所有的朋友致意！愿他们经过这漫漫长夜还能看到旭日东升！而我这个过于性急的人要先他们而去了！"

茨威格确实是过于性急了，如果他知道仅仅再过几个月，希特勒的败相将显，仅仅再过三年，法西斯恶魔便会覆灭，他必定有重建生活的力量。但在 1942 年初，没有人会相信这样美妙的童话。绝望是摧毁人的另一头恶魔，睿智如茨威格，对灾难有过人的预感，然而对于长夜背后的曙色，此时只有神能够看见。

雅斯贝尔斯的情况不同，他并非犹太血统，也就并非纳粹德国天然的敌人，他的命运可说是经由自己的选择，或者倒向法西斯，或者落入厄运。他的妻子是犹太人，而他拒绝与妻子离婚。他认为此时如果那样做，他的全部哲学就没有任何意义。于是他便与这个国家构成了对抗的关系，成为备受迫害的人。起初他依据常识测量厄运，还抱有幻想，认为他的学生阿伦特流亡国外是一件蠢事，认为传言说人们可能把犹太人烧死是无稽之谈，然而，要测量恶魔之恶，常识是远远不够用的。大学的纳粹化在很短时间便完成了，科学家背叛科学，倒向所谓德意志科学，雅利安科学，一时成为风尚。他失去了哲学教授的工作，作品被禁止出版，本人也随时面临被送进集中营的危险。许多昔日的朋友和熟人像躲避瘟疫一样躲避他，他孤立无援，犹如大洪水中行将没顶的树。就连家中的女仆，也被盖世太保强行更换，派来一个狂热追随纳粹的"半雅利安人"，以便于对他和他的家人日夜监视。他终于明白："我们德国人突然处在监狱之中。"

此时他还有选择的机会，他选择的是准备死亡。盖世太保随时可能破门而入，为了免遭凌辱，他给自己准备了氰化钾，白天放在柜子里，晚上放在床头。他试图购买一块家庭墓地，准备安顿自己和妻子，却遭到拒绝，因为犹太人是不能进入那墓地的。他在写好的遗嘱上特别补充："我的遗体在任何情况下都要与我妻子死后的遗体共同埋葬。如果由官方给我妻子的遗体指定一定的场所，那么，我的遗体应该埋葬在同一个地方。"1945 年春极端黑暗，濒死的恶魔越发凶残，雅斯贝尔斯和妻子的名字已经被列在最后处决的名单上，押送他们的日子安排在 4 月 14 日。极其幸运的是，3 月 30 日，美国人占领了海德堡，盖世太保的计划来不及施行。

纳粹党人过高估计了自己的寿命，无论是纳粹的追随者，还是受害者，绝大多数人都过高估计了纳粹的寿命。

朋霍费尔是另一个异类。

纳粹的恶行有其渐进的步骤，教士马丁・尼莫拉后来的忏悔很著名，其中也描述了恶魔的步骤："在德国，起初他们追杀共产主义者，我没有说话，因为我不是共产主义者；接着他们追杀犹太人，我没有说话，因为我不是犹太人；后来他们追杀工会成员，我没有说话，因为我不是工会成员；此后，他们追杀天主教徒，我没有说话，因为我是新教徒；最后，他们奔我而来，却再也没有人站起来为我说话了。"

朋霍费尔本不在这个追杀序列中，即使非常不幸，也列在最后。这位新教牧师，神学家，和平主义者，在那场灾难中本来处在可以自保的位置。然而，和平主义一旦认真，也是为纳粹暴政不能容的。朋霍费尔便是那样一个纯粹的人。

在那个疯魔的年代，民众为逃避责任而崇拜领袖，教会也顺服恶魔的国家暴政，正义步步退缩，不义畅通无阻。朋霍费尔起而呼唤人们的理性，他在教会里是孤立的，在整个狂躁的社会中也是孤立的。1934 年，他曾准备前往印度，向甘地学习非暴力抵抗方法，希望能够用于抵抗纳粹统治。但越来越残酷的现实却在改变他。1939 年 7 月，战争爆发前夕，与逃难的人流相反，朋霍费尔离开可以避难的美国，返回黑暗的德国，他乘搭的轮船，几乎已是返回德国的最后一艘了。他所见到的祖国，像一辆正往地狱狂奔的战车，整个德意志民族被裹挟成团，变成巨大的车轮，人们为国家的胜利热血沸腾，享受侵略扩张的成果，并不在乎谁为此付出了代价。众多参与恶行的人们，随恶魔的指挥棒起舞，失去了辨别善恶的能力。朋霍费尔此时断续写下他的忧虑，并将这些纸片藏在屋顶的梁椽之间——"罪恶的盛大化装舞会，已使我们所有的道德概念陷入了极大的混乱。""对于善来说，愚蠢是比恶意更加危险的敌人。……愚蠢根本不服从理性。""一方的力量，需要另一方的愚蠢。""长期起重大作用的是：我们的统治者是希望从人们的愚蠢之中，而不是从人们的独立判断和敏锐思想之中，获得更多的东西。"他看见的现实是，随着恶魔的势力日益高涨，人们的理性正加速丧失，纷纷加入恶魔的战阵，助推奔往地狱的车轮。一如阿伦特所描述的:“在这种黑暗中，善即使仍然存在，也变得绝对不可见并因而无效了”。

朋霍费尔深切感受到，反抗纳粹的力量极其弱小。他问自己:我们一直是种种罪恶行径的沉默的见证人。我们仍然有用吗?他给自己的回答是，这一代人该有的不是远大的野心，而是从时代的碎片中救出自己，就像从火焰中拖出尚未焚毁的木块。此时想要作为一个人而生活，需要具有英雄般的勇气。他投身地下抵抗运动。面对疯狂巨轮的碾压，有效的抵抗几乎不可能，他参与了刺杀希特勒的秘密行动。这位和平主义者，非暴力主义者，绝不怀疑任何一种暴力的使用都是有罪的。他反复问自己，但哪一种罪更大?姑息希特勒的暴行，还是消灭它?他选择了后者。

后来我们都知道，他失败了。他被捕，被判阴谋叛国罪，1945 年 4 月 9 日被杀害。

他背叛的是希特勒的第三帝国。整个帝国时期，敢于背叛帝国的德国人非常少，但确实有的。今天我们知道，邵尔兄妹和“白玫瑰”青年抵抗组织，在希特勒桌脚放置炸药的史陶芬伯格等军人，朋霍费尔的姐夫和同案、时为帝国官员的杜南义，朋霍费尔在狱中所见的国防军内反抗组织成员们，与他一同上绞刑架的另外五位异议分子。还有更多我们并不知道。这样一些叛国者，正是史诗中的义人。

一个月后，那个帝国覆灭了。

历史走过一个极夜。法西斯胜利了，法西斯失败了。对于极夜中的行路人来说，极夜何其漫长，漫长得只剩绝望。而当时光拉开视野，人们会愕然发现，那个难熬之至的极夜，在人类历史的长河中，所占的段落其实很短。

2018 年 5 月 10 日

然而，我仍然相信灵魂

当生活失去了所有希望，一个人就成了绝望者。一盏灯熄灭，又一盏灯熄灭，四野失明，天地间只余下没顶的漆黑。绝望和绝望或有不同，倘若只是一个人掉进绝望的黑洞，外界的光线还可能间或从洞口掠过，但若是整一个时代落入黑洞，那就是宇宙意义的黑洞，所有的光线都被吞没。

弗里德里希·莱克，一个生活于纳粹时代的德国人。对于信奉纳粹主义的德国人来说，纳粹时代是阳光灿烂热血沸腾的时代，而在憎恶纳粹主义的莱克眼里，一切恰恰相反。人与人的视力差别之大，远超出我们的想象，因之所见的世界也差别极大，甚至于黑白颠倒，对任一色块的辨别都达不成共识。他是一名作家，那时已经年过五十，学养和年龄如同沉静的井水，晨间汲一瓢用于洗濯，眼清额冷，不易遭受蛊惑，他相信自己的眼睛。眼睁睁看见整一个国家落入了黑洞，他却抓不住任何物体能减缓其坠落，黑洞随之也将他吞没，他成了绝望者。

莱克的作品今天大概没有多少读者了，他不是文学巨匠，然而却有一部无关文学成就的日记，一次次越过时间，留存下来，逾出国界，至今活在世上。其间经历过几度遗忘，勾起。生活于烦嚣的人们忘记它，然而当天阴欲雨，黑暗降临，人们又想起它，看来人心的底部总潜伏着对黑暗的恐惧。不清楚它已经译成了几种文字，在作家离世七十年之后，2015 年，它有了中文版本，书名为《绝望者日记》。

这部日记记录的是那个绝望的年代，写作的方式很荒诞，一段文字从作家手里刚一写出，便由作家亲手埋到树林的地里。1933 年，莱克在上巴伐利亚的山中买了一块地，位置异常孤寂，其时正当希特勒上台，纳粹时代开始。他企图避开时代的洪水，携妻女住进了山中，与柏树为伴。假如掘一个地洞能把自己封闭起来，他一定愿意住进地洞，堵上洞口。但纳粹的罗网是铺天盖地的，个人领地不受保护，自我封闭无法抵挡强权入侵。他知道友人已经因日记而遭受盖世太保搜查，命悬一线。他知道自己写这些文字所冒的风险。他无奈于这些风险，只能在日记中对自己低语：

“我的写作全出自我的内心需要，不能停止，所以我只能漠视警告继续写日记……”

内心需要，这很难揣度。某些时候内心需要会被恐怖掐灭掉，某些时候却相反，恐怖碾压越甚，人的内心需要越是强烈。他没有读者，也绝不敢要读者，更不敢期待未来。他为自己而写，自己对自己诉说，以防丢失自己。为了躲过告密和监视，他不断转移藏匿日记的位置。

日记起始于 1936 年。

“在这漫长的几年中，我们的内心充满了仇恨，躺在床上恨，站起来还恨，在漫长的噩梦中恨——虽然我们眉梢上挂着非法的仇恨，但我们没有法定的权利，没有任何妥协的余地，开会时每个人都必须喊‘希特勒万岁’。”

“如今的德国，一个魔鬼摆脱了束缚——唉，我们之中没有一个人知道如何才能再次把这只魔鬼拴住。”

这里说的我们，是数目有限的朋友。而更多的德国人，被作者视为他们。

“这群暴民，我与他们的联系仅仅是有相同的国籍。”

他们信奉纳粹主义，崇拜元首。他们热血翻沸，荷尔蒙疯涨。他们接受宣传机器的灌溉，通体长出褐色的枝叶，脑子却越缩越小，好似尚未长成便已脱水的浆果，枯萎干瘪，随风落到地上，只等军靴踏过，便成片发出欢快的碎裂声。

一个 11 岁的男孩，目睹党卫军杀害了他的父亲，仅仅四周之后，他便除却悲愤，说服了自己：“那是元首做的，元首做的是对的。”一位村妇升级为小村子的妇女主席，她告诉作者，她赞美元首，因为他好，如果这场战争以失败告终，她就准备放毒气熏死所有德国人。

面对这样的现实，莱克无法可想，只能在日记中悲叹——

“这个民族疯了，并会为自己的疯狂付出高昂的代价。”

“人群山呼万岁，那呼唤声中透露出愚蠢和低能。”

他痛恨愚蠢，愚蠢犹如铜墙铁壁，是不能对话的。不仅如此，愚蠢还具有排山倒海的势力，能即刻压倒企图向它举起长矛的人。他观察愚蠢。那些空洞的眼睛突然闪现残忍的火焰，那些精神恍惚的青年投入群体的号叫欢腾。人们有日甚一日的激情聚集在一起，震耳欲聋的鼓，钹，风琴，庆典，阅兵，比巫师法术更有效的烟火表演，让人们摆脱了人存在的单个状态，感受到融入群体的轻松，并将绚烂的天堂许诺给人们。

“这就让我感到孤独得就像一个人站在地球的北极一样，尽管我周围站着上千人。”莱克写道。他感觉到他呼吸着死亡的气息，人们的灵魂被淹没在血腥和污水里。愚蠢的思潮日复一日上涨，仿佛永远不再会退潮了，连智者都难以拂去迷眼的水雾。他绝望："我生到这个星球上的时间太早了。我活不过这愚蠢的思潮。"

愚蠢的思潮向着他们的天堂一路狂奔，呼啸着裹挟瓦砾和沙尘。而莱克看到的是，一个民族正在奔往地狱，速度之疾已经使他们看不见沿途的灾难，更不可能看见即将到达的灾难。

莱克在日记中诅咒魔鬼和暴民，疯狂和愚蠢，诅咒人类社会的白蚁堆。他深感无力："我除了诅咒，没有其他武器可用。我知道诅咒会使我凋谢，我不知道我是否能活着看到你们的衰败。"

然而，诅咒也在帮助他活下去，一本日记，其实是洪水中一块救生的木片，使他可能不时把头托出水面呼吸。活着是必须的，即便纳粹已经征服了世界，一个人也必须活下去。

莱克写道："现在，活着需要勇气。勇气，就是每天都要树立的个人意志。"民族或国家不能成为一个人站立为人的凭借，一个人需要依靠自己的个人意志。力量对比极其明显，权力集团是强者，单个人是弱者，这毫无疑问。强权征服世界，也亟需征服人心，它要把所有的人心攥在手里，揉成任意形状的面团。然而无论权力集团如何强大，终有星散逃逸的麦粒。单个的麦粒固然害怕强权的追杀碾压，时时心怀恐惧。强权也恼怒这些麦粒，他们不知其数，不在掌控之中，他们是不确定的因子，使强权也焦虑恐惧。

莱克的日记让我们看到一个孤独者的绝望，也让我们看到强权的恐惧。随着时势的衍变，控制社会的禁令越来越多，生活在那个时代的人们越来越容易犯罪。奚落元首有罪，使用外币有罪，收听外国无线电广播有罪，议论战局不利有罪，在日记中诉说绝望当然也有罪。恶魔越是接近末日，神经越是衰弱，于是臆想越多，这是因为强权越来越感到恐惧。

1944 年 10 月，莱克被捕了，因为他拒绝参加人民冲锋队，犯了

“破坏军队士气罪”。那时纳粹败局已定，军队士气岌岌可危。希特勒不得不扩大征召炮灰，从十一二岁的男孩到六十多岁的老人，都被用于组织最后的防线。许多人被捕，各种各样的罪名，六十岁的莱克被关进军队监狱，可能面临极刑。意外的是，莱克竟逃过死神，不久就被释放了，他猜测是有人施以援手，一色的军装之下包裹的已有异样的人心。

1944 年 12 月，莱克再次被捕，因为他的一封信件遭遇了告密，他在写给出版社的信中抱怨通货膨胀吃掉了他下一本书的版税，于是他犯下了“侮辱德国货币罪”。那是 1944 年的最后一夜，新年的曙色已经浮现。他被关押在慕尼黑的盖世太保监狱，而后又转押达豪集中营。这里是地狱中的地狱，饥饿，寒冷，血污，疾病，五十岁以上的被囚者死亡率达百分之八十。这一次莱克没能逃出，两个月后，他死在集中营里，盖世太保记录他的死因是斑疹伤寒。

置身极权统治之下，人无法为人，无权选择自己的生死，不是作为犯人死于集中营的斑疹伤寒，便是作为炮灰死于最后防线的崩溃。唯有写日记是莱克自己选择的。

莱克说：“……然而，我仍然相信灵魂……”

七十年后翻开书页，可知灵魂并非虚幻，他有足踪和回声。

2018 年 8 月 24 日

诚实与否，这是一个问题

德国电影导演莱妮·里芬斯塔尔在百岁上去世，中国的许多报章报道了这一消息，有的篇幅相当不小，配以里芬斯塔尔从青春到衰年的照相，其中自然少不了希特勒多次接见她的合影。中国人对里芬斯塔尔的如此兴趣像是有些奇怪，这超出了我们对许多世界性艺术家的关注，也超出了艺术本身。事实上，有机会看到过里芬斯塔尔影片的中国人很少，能够领略她那些首创性的摄制技巧的更少，这个无论是时间还是空间都与我们相距遥远的艺术家，所以刺激我们的，是她的艺术背面的更为广延的问题，那是时间与空间都不能抹平的问题，即便我们不愿意承认那问题与我们相关。

作为一名电影艺术家，里芬斯塔尔生活的年代是上世纪的三四十年代，在她的祖国，那是希特勒第三帝国的年代。里芬斯塔尔的艺术生涯是在这样一个年代达到了自己的峰巅。这年代之于她，如水之于鱼，林之于鸟，因之那也是她的年代。其时她执导了两部气势恢宏的标志性作品，皆为大型纪录片，一部是为1934年纽伦堡纳粹党大会所拍摄的《意志的胜利》，一部是为1936年柏林奥运会所拍摄的《奥林匹亚》。两部影片都以其特异的艺术效果令人震撼，在电影史上堪称无与伦比，从而一次再次获得世界性大奖。

里芬斯塔尔当然是极具艺术才华的，在那个德国妇女都遵照党的意旨，以回家去生育优等人种为己任的年代，她却得以走到广场上去，奇迹般地执掌起艺术的权力——或者说权力的艺术，卓然独立在其事业的峰顶。这辉煌的年代以算术的说法在她百岁生命中所占很短，但其炫目的光焰已经将她整个一生遮没了，以致她一生都沉迷于那光焰。直到她垂暮之年，在第三帝国覆亡半个多世纪以后，她依然以此自恃，说："我不知道我应该为什么道歉。就像我不能为拍摄了《意志的胜利》而道歉——它获得了最高奖，我所有的电影都获奖。"

里芬斯塔尔所要说的，是艺术成就的问题，而不是罪与非罪的问题。罪与非罪是法庭上的问题，所涉范畴毕竟较小，"成功越狱"毕竟容易。但在罪与非罪之外，却有着广延得多的政治与艺术的问题，却是难以逃逸的。里芬斯塔尔的后半生以超人的勤勉和坚毅，试图再次"越狱"，摆脱政治的纠葛，逃逸到艺术的庐舍里去，但这一次的"越狱"终究没有成功。她的艺术与政治胶结太紧，她的里程碑之作是钢筋混凝土结构的，她就是凭这样的结构成功登顶，而后来，她却企图带走她艺术的混凝土，抽掉并销毁她政治的钢筋。

里芬斯塔尔为自己辩护的理由是这样的：她在政治上很幼稚——她所追寻的永远是艺术之美——"我关注优秀和美好总是多于丑陋和疾病"——"我拍摄这些电影并没有什么政治原因"——"那时候有一个希特勒和一个政府，每个人都喊'嗨，希特勒'，那时候这样子很正常"——"我没有伤害任何人，也从来没有害人的意图"——她对于希特勒的种族灭绝计划一无所知——她不知道那些从集中营里找来为她的影片充当临时演员的吉普赛人后来都被杀死在集中营里……

评价一个艺术家，我们不能以政治正确与否为标准，但诚实与否却是重要的标准。对自己所处的时代是否诚实，对个人所闻所见的现实生活是否诚实，对个人内心的知觉和感受是否诚实，亦即对自己所从事的艺术是否诚实。巴尔扎克是保王党人，宣称自己“在宗教和君主制这两种永恒真理的照耀之下写作”，然而，事实上，他忠实于现实生活和个人感受远胜于“永恒真理”，因之他成就了超越政治理念的伟大艺术。里芬斯塔尔的悲剧不在于她政治幼稚，而在于她对置身其中的现实生活缺乏诚实，以致纳粹党的意识可以完全覆盖掉个人的感知。

据说里芬斯塔尔也曾推拒过希特勒的邀请，想撇弃那个纳粹党的宣传大片而飞往国外去拍自己的电影，但元首的青睐毕竟太荣耀了，这种权力的恩宠，很少有人可以抗拒。单个人——尤其是渴望荣耀的文化人——的内心里总是弱的，而国家权力却是那么强有力。人总需要为自己寻找某种外力的支撑，亲人，友人，同道人或资助救助人，但毫无疑问，国家权力却是最强大的支撑。何况在一个极权国家里，在一个垂爱艺术的极权者面前。极权国家端给里芬斯塔尔的馅饼太诱人了——无限制的经费，数目庞大且任凭调遣的机器和人员，无与伦比的盛大而壮阔的场景，划时代的历史瞬间……还有依傍在国家权力之上的荣耀。许多艺术家把自己卖得太贱，而里芬斯塔尔是骄傲的，志在高远，她换得的是多少人梦寐以求的价钱。

或者我们不说买卖，我们可以把这说成一种信仰，信仰可能会使事情变得干净一点，但里芬斯塔尔自己反对信仰的解释，她甚至不是纳粹党员，而且否认自己是纳粹的支持者。但信仰也罢，既得利益也罢，都是一副滤光镜，必然要滤掉现实生活中的很多东西，也就是滤掉那些与信仰或既得利益不吻合的东西。这滤光镜随时控制和修正你的视线，决定你看见什么，看不见什么，对什么东西进行放大、渲染，又对什么东西缩小、省略、视而不见。

我们可以相信里芬斯塔尔不知道希特勒的种族灭绝计划，不知道她的临时演员们怎样从集中营被拉来，又怎样在集中营被杀死，我们可以相信这些丑陋的事情离一个艺术家的生活很远。但另一些事情却必然是靠得太近的。我们不能相信里芬斯塔尔不知道那场轰轰烈烈的焚书运动，不知道一批又一批同行的作品被无理查禁，不知道每日里有多少艺术家和文化人（其中自然有她熟识或知晓的）在逃亡，被逐，被捕，或者失踪，不知道那些褐衫党徒遍布每一条大街小巷的暴行……如果她的确不知道，人们便有权责问是什么导致了她的无知，她也必须为自己的无知承担责任，因为她不是沉默的羔羊，她是言说者。一个用艺术言说现实的人，有义务了解自己所置身的社会的基本事实。作为对照的是，德国当年的许多艺术家和文化人了解他们的社会现实，他们或者逃亡，或者抗议，或者沉默，他们对自己的所见所感保持诚实。作家恩斯特·维歇特 1933 年就在国内发表文章说道：“你们没有看到，我们这儿，在吵吵嚷嚷的喧嚣声中有多少人沉默不语吗？有多少人不想打开报纸吗？因为歌功颂德、奴颜婢膝的嗥叫使他们感到讨厌。又有多少人让收音机积满灰尘，因为播音员假惺惺的声音使他们感到讨厌。”并不是像里芬斯塔尔所说的那时候这样子很正常，有多少人是知道的，可惜的是，天生应有敏锐直觉的艺术家里芬斯塔尔不知道。

那么里芬斯塔尔知道的、看见的是些什么？据她自己所说，1931 年她第一次听到希特勒的演讲，便觉轰然洞开，“我眼前一亮，如同神谕出现，永生难忘，就像大地在我眼前无尽地展开，并突然从中间裂开两半，喷射出巨大的水柱，直冲云霄，震颤大地。当时，我似乎瘫痪了。”这自述可以成为弗洛伊德的材料，但这里宁可不请弗洛伊德。一位女性艺术家，并不比男性暧昧一点或欠缺一点，仅以信仰和理念作为她的注解同样够用。我们所能确定的是，自此里芬斯塔尔服膺于一个信仰，如同受洗而成为忠实的教徒。任何信仰都是排他的，它摈除一切与其相左的观念，也摈除一切可能的疑念。任何信仰都是闭合的，它设置有墙、壁画、彩窗，以及庄严的大门，它提供有纯净富足的景观，引领你的视线，阻隔开外面那些扰乱人心的情景。

希特勒为与其合作的艺术家建造了一个美丽的花园，那里有优渥的工作和生活条件，有令人感戴的恩宠，有诱人迷醉的特权。这位懂艺术的领袖，向花园频频播洒阳光，源源输送温暖。那些宠物一样被圈养在花园里的艺术家，所看见的就是太平盛世，繁花似锦，而看不见外面的惨苦和暴行，即使偶尔看见了，他们也会像掸掉礼服上的灰尘一样把它轻轻掸去，甚或用他们艺术的花朵去修饰暴行。里芬斯塔尔说："我关注优秀和美好总是多于丑陋和疾病。"但与其说这是天性乐观如此训练了她的眼睛，不如说是她享有的优渥如此训练了她的眼睛。

于是，她看见的悉数是美：纳粹党的节日盛况空前的美，整饬而壮阔的美，意志的美，秩序的美，号令与服从的美，德国青年被一个政治理想照耀得意气风发的美，领袖神话的美，极权统治下一个民族正在振兴的美，奥林匹亚力量的美，人体健硕的美，仪式繁丽的美，国家社会主义的美，旗帜和使命的美，整个德意志民族万众一心、雄视天下、让全世界侧目惊叹的美……她通过她的镜头，极尽所能渲染和放大这些美。

里芬斯塔尔可以说，她拍的是纪录片，镜头中的种种都是真实的。但与此同时，宪法中保障个人和公民自由的条款被勾销；议会民主制度被踏平；报刊电台接连被封禁；成千上万反对党、教士、工会会员、异见者被追杀逮捕；冲锋队横冲直撞，破门而入，任意抓人、打人、杀人；国家鼓动精神上和肉体上的恐怖，以教育和驯服它的国民；直至对犹太人及所有"劣等种族"的人解除公职，剥夺财产，关入集中营，百般施虐使他们尽失人形，最终如牲口一样被一列车一列车送进毒气室和焚尸炉里……这一切"丑陋和疾病"也是真实的。

一个伟大的艺术家以自由为第一生命，他的眼睛和心灵都是不受羁勒的，他必须争夺在大地上自由行走的权利，没有人能遮蔽只属于他个人的、具有穿透力的眼睛。但里芬斯塔尔并不要这样的自由，她宁愿选取纳粹党和法西斯国家要求她选取的景色，这样，她就蒙上了自己的眼睛而代之以统治者的眼睛，她就放弃了一个艺术家的生命，而沦为一个宣传员，只不过她制作的宣传品有更厚的艺术躯壳而已。宣传员与艺术家的区别在于，他不需要自由而只需要追随，他不需要怀疑而只需要迷信，他不需要穿透力而只需要煽动力，他不是独立的个人，而是某群体里的一个工具。

《意志的胜利》固然是法西斯的宣传品，《奥林匹亚》同样也是。在一个极权国家里，任何与国家相关的事情，都是与极权政治相关的事情。在希特勒的治下，奥运会就不可能是一个单纯的体育事件，它就是一个政治橱窗，恰逢其时地向全世界展示纳粹德国的力量。在这里，单纯的、不带极权政治色彩的德意志民族并不存在，所谓的民族感情，只要取合作趋向，都将被巨大的政治力量席卷，合流为极权国家感情。这既不是民族的节日，更不是“各民族的节日”，而是纳粹主义的节日。从这个节日里获益最丰的，不是毫无政治权利可言的德国人民，而是将整个民族操控于掌心的纳粹党人。更何况里芬斯塔尔的这部巨型作品，还是元首生日的献礼片呢？

后世的一些电影艺术家为里芬斯塔尔影片的宏大叙事叹服，将之归结为里芬斯塔尔的特异才具，感慨于无人能及。但他们忽略了另一个事实。里芬斯塔尔的宏大叙事之下，是纳粹的组织力量，只有一个达到极致的极权机器，可以如此恣肆地运动整一个国家，如此随心所欲地调度它役使之下的人民，奇迹般制造出它乐于制造的场景。与一个极权国家相比，民主政体的国家机器是弱的；与国家机器相比，个人的力量更弱。一个独立的艺术家，不可能造出极权国家机器所制造的奇迹，也没有理由钦羡那奇迹。里芬斯塔尔的脚下，是垫了极权国家的强硬基石，她的宏大叙事，是凭借煊赫一时的法西斯主义和第三帝国的权力所达致的。获奖能说明什么呢？这不是一个独立的艺术家获奖，而是第三帝国获奖，里芬斯塔尔不过是头顶艺术家的花冠，代表纳粹的意识形态和美学理想，代表一种权力的艺术，站在台前。

里芬斯塔尔后来说："我拍摄这些电影并没有什么政治原因。"这辩解当然是不诚实的。作为一个艺术家，她应该感到羞愧，艺术家必备的敏感没有帮助她识破谎言，却帮助了她制造谎言。与一般的纳粹支持者不同，里芬斯塔尔的宣传才能太出色了，因之她的罪孽也太出色了。这既是一道耀眼的光焰，也是一道耻辱的绳索，一路缠绕着她，直到她的百年。

追随纳粹主义的人今天还有，学步里芬斯塔尔的人自然也有，我们无权焚毁他们，但把他们认出来，与艺术作一区分，却是必要的。

2003 年 11 月 25 日

一个齿轮

阿伦特在其《艾希曼在耶路撒冷》中，将人们视为恶魔的被审判者艾希曼称为一个小齿轮，从而引出“平庸的恶”这一论题，招致人们普遍的不满。

被告席上的艾希曼当然也是不满的。此时他坐在玻璃隔罩里面，如一头供人参观的困兽，没有人在乎他的意见。

当他得意之时，如果有人说他不过是一个小齿轮，他断不能同意。那时他是党卫军的中校，任职于帝国保安局，手握生杀大权，执行对犹太人的“最终解决”命令。他有极强的组织能力，协调能力，适应能力，极强的事业心，服从力和执行力，这些素质恰好适合铸造某种零件，适合一台宏大的机器，这机器叫作第三帝国。大机器必须挑选合适的零件，配备妥当才能运转。而他，一个齿轮，如果不被安装在大机器中合适的位置，他便只是一文不名的废铁。他曾经有过一段潦倒的废铁生涯，后来大机器鼓舞了他，又起用了他，便对他有了知遇之恩。他庆幸遇到了激情澎湃的纳粹时代，国家的转向改变了个人的命运，从此他成了大机器的组成部分。

这段齿轮的生涯给予了他向往的荣耀，也规限了他观看世界的管孔。他看到的社会现实，与正在被大机器绞杀的受害者们当然不同。他服膺于元首的宏图，熟记元首的训导——“我的荣誉叫作忠诚”。忠诚果然给他以回报，他在纳粹的轨道中步步上升，到达他职业生涯的最高点，成为帝国的要人。他满足，又怀有更高的企望，一个齿轮企望更大的齿轮。那个国家大机器激励了他的雄心，也限制了他的梦想。直至帝国崩塌，他经历了仓皇逃亡，又被复仇者追捕，直到站在了被告席上，他视物的通道仍然是帝国的管孔，他仍然耿耿于自己没能继续晋升的官衔。他对个人的认知建立于那台国家机器之中，除了帝国大业，他没有个人价值。

大机器发动，他便随之运转，他与他投身的事业十分和谐，融洽。他上班，下班，领取薪水，生儿育女，无异于正常时代正常生活的男人。他先是就职于纳粹党的情报部门，而后调任负责犹太人事务的新部门。他出外考察，规划集中营的建筑，设计运输路线，在流水作业式的大屠杀中，分配他负责的是遣送。他计算车辆的装载如何更有效率，各个集中营如何更充分利用，如何扩充，以加速周转，如何避免“不必要的痛苦”，避免受害者们骚动不安，如何顺利完成遣送。

他是否知道自己在做什么，是否能够判断自己的行为所造成的结果，这取决于他对自己的定义，是一个人，还是一个齿轮。以元首的意志，最为理想的状态是人迅速变为齿轮，完全彻底，大机器中的每一个齿轮都由钢铁铸就，没有多余的个人感受，可惜实现理想还需要一个过程。为了避免齿轮们心理的不适，纳粹党已经把语言处理过了，建立了严格的语言规则，那里没有屠杀和血腥，只有中性的公文词语：外迁，转移，特殊处理，最终解决。词语的替换仿佛真能改变事情的性质，齿轮们上过润滑油，转动起来就不能停止。他们究竟有没有过良心的不安？据说艾希曼曾经也有过的，与正常人一样，但很快就消失了。有人追溯了他的经历，认为这一过程只有四周时间。他适应了，并且以此为荣。他和他的同僚们，研究地图，调遣车辆，运送人口，发布命令，按下按钮，统计死亡人数。环环相扣，一个个齿轮相互啮合，杀人机器高速运行。

他没想过帝国会崩溃，元首会以自杀的方式抛弃国家，抛弃所有忠诚的齿轮。阿伦特认为艾希曼没有思考能力，根本没有脑子。也许是的。也许他真的以为“特殊处理”这样的工作可以成为终身职业，从没想过“最终解决”之后，他将如何解决自己。

站在法庭上的艾希曼看起来是一个无辜者，他为自己辩解说，他从未杀过人，“事情就那样发生了，……我什么也没有做过”。他用国家行为为自己开脱，认为自己是依照国家法律行使职责，个人不能改变什么，任何人身在其位都会如此行事。

这是典型的齿轮逻辑。极权统治是消灭个人的，去人格化的，每个人不再是自己行为的主人，人们习惯于无选择权利的生活，也就习惯于不为自己的行为负责。整个社会臣服于希特勒以后，道德准则就消失了，元首最需要的是服从和忠诚，臣民的美德随之就变为服从和忠诚。头脑是危险品，个人判断力是危险品，文明社会的道德律也是危险品，此时还不肯丢弃这危险品的，便是对国家怀有异心的人，是国家的敌人。

现在，当我们回望历史，可以看到艾希曼的辩解是卑劣的。即使在那个时代，也并不是任何人都会如他那样行事，更不是任何人都会谋求那个恶棍的位置。希特勒是那台大机器的核心，而核心发动机的能量再大，也不足以玩转整个国家，他需要所有齿轮都积极配合，每一环都增加机器的动力。合格的齿轮固然不需要灵魂，但却必须有其内置的马达，内在的动力。这动力或是信仰，或是仇恨，或仅仅是个人向上攀爬的欲望。艾希曼绝非仅仅是被动的齿轮，他积极行为。

他执行了，从而也推动了大屠杀。死刑对于他是合适的。

2018 年 10 月 17 日

即使在最黑暗的时代

杰拉德·格林的《大屠杀》是本旧书了，1980 年出版的中译本，在书堆里待得太久，没有看，也就是忘记了，它站在架子顶端，近三十年，肯定多次被我瞥见，但我视而不见。近日因为一些相关的事情，顺带翻一翻它，泛黄的书页有一种陈年的气味。虽是小说，但作者没有虚构夸张，因为现实的恐怖早已超出了任何人的想象。书中的故事我几乎都在非虚构的著述中读到过，有足够的来自各方面的证词，我基本上知道下一页会说什么，并且提前关闭自己的防御系统，阅读的过程还是让我几乎背过气去。这种恐怖故事不是人的神经能忍受的，它不仅仅是疼痛，还有极度的屈辱和绝望，人陷在必定没顶的泥淖里，徒劳地挣扎，精疲力竭，一蹶不振。

我对作者一无所知，只知道他是生于 1922 年的美国人，他是犹太人吗？如果不是，他怎么能有这种数百万堆积的死亡体验？然而，对于大屠杀，犹太人一般不愿回忆，不仅是因为创剧痛深，还因为自己无法面对的难堪和耻辱，那比死更折磨人。侥幸逃脱这种失语症的是小说中的人物鲁迪，因为他反抗了，这个年轻人从束手待毙的人群中逃出来，由单纯的受害者变成了反抗者，他从难堪和耻辱中拯救了自己，拯救了自己作为人的尊严，因此获得了叙述的能力。虽然小说将相当大的篇幅给予了这样的反抗者，但事实上我们知道，这样的反抗者在当年的欧洲犹太人中是极少的，普遍的事实是屈从，逆来顺受，甚而至于合作。受害者的顺从令刽子手们都感到惊讶，屠杀出奇地顺利，刽子手们动用的力量远远少于预计。小说中的两个刽子手在计划恶行时是如此轻松："如果他们拒绝呢？""犹太人不会拒绝。他们会合作。他们都给吓破了胆……"如此场景在小说中再三出现——

"他们不折不扣地照吩咐的去做，也不折不扣地信以为真。劳动营。为了保护他们。他们的拉比们和其他领导人使他们深信不疑地服从命令。"

"他们如此合作，真叫人惊异。"

"他们是劣等人种。是另一支人类的子孙。"

刽子手们说着话时，一场大屠杀正在进行。成千上万的受害者集合在山谷里，静静站立着，秩序井然，"真正汇成了一个湖泊，一个内陆的海洋"。连刽子手都难以置信："我的上帝，我们预计六千多人，想不到来了三万人。"这些受害者究竟是怎么来的？小说没有具体描述，但单凭加害者的武力显然是做不到的。数万受害者就这样开始顺从地脱衣服，顺从地走向屠场，一批一批按刽子手需要的"装沙丁鱼"方式躺下，接受被枪杀的命运。

这种顺从的确令人骇异。亚伯拉罕顺从上帝的旨意将儿子以撒献上燔祭的时候，仁慈的上帝及时用一只公羊将尖刀下的以撒救了出来，难道他们也期待他们的顺从会在最后一刻唤来奇迹吗？难道他们以为顺从会打动刽子手吗？

这又让我想起阿伦特来。

一般的中国读者迟至上世纪90年代才知道阿伦特曾著有《耶路撒冷的艾希曼》，那是我第一次听到有人如此谈论受害者，在大屠杀的整个过程中，从制作六角星标签，提供纳粹需要的犹太人名单和财产清单，到迁移，遣送，分批进入毒气室，受害者本身都予以了合作。阿伦特着重指出犹太社区的领袖在实施大屠杀时所起的作用，认为如果没有犹太人委员会的积极配合，有计划的大屠杀就不可能达到已经发生的那种规模。她说，在犹太人记忆这场灾难时，不提及自己的责任，那是一种集体自我欺骗，一种集体失忆。起初我不能接受阿伦特的说法，这太残酷了，对于这些受尽苦难的受害者，旁观的人们和后来的人们是不是有权利谴责？这里是不是有一个感情的或说道德的界限？更要紧的是，对受害者的谴责是否会开脱了加害者？这种反应事实上也是60年代阿伦特此论问世时激起的普遍反应，她遭到猛烈的攻击，包括多年好友的攻击和决裂，是很自然的。她触动了一块此前无人触动过的犹太人的疮疤，揭开了“整个黑暗的历史之中最黑暗的章节”，这是锥心之痛，逃避疼痛是人的本能，人们的愤慨是出于自卫，许多攻击者将此归入“心”和“爱”的问题，而这是无法使用理性的。

多年以后我才能重新返回来理解阿伦特，这需要积攒相当的力量和理性，实际上这不仅仅是犹太人的问题，更是我们自己的问题。阿伦特在回答一位犹太朋友的责难时说：“我自己的民族所犯的恶行，自然比其他民族犯的恶行，给我带来更大的悲伤。”又岂止是自己的民族而已，许多问题是普遍性的，统治与被统治，受害与加害，顺从与反抗，合作与不合作，这依然是今日世界许多人所面临的问题。

出版于1978年的《大屠杀》显然受到阿伦特论述的影响，作者在痛述受害者苦难的过程中，对其怯懦顺从也深为悲愤，同时以主人公的逃亡、游击队、华沙犹太人区起义等故事给出了反抗的可能。如同阿伦特在耶路撒冷审判中发现一位抵抗者的证词特别受欢迎一样，因为“它驱散了萦绕于心、不断纠缠的普遍合作的幽灵，以及环绕在最终解决周围沉闷的令人生厌的氛围”。这是极端的黑暗中的一线光亮，死亡营里出现的一扇窗，人们需要紧抓住它喘气。假如这种抵抗普遍发生，将会造成何等样的情景，我们不能随意想象，但那绝不可能比顺从更坏。然而没有。华沙起义在遍布欧洲的犹太人区中是唯一的一次，这是例外的例外，这种反抗在当时的数百万受害者看来是根本不可能的。

那么什么样的反抗是可能的呢？

美国学者斯科特著有《弱者的武器》，提出了“反抗的日常形式”，对比纳粹大屠杀这种极端的形态，他所研究的东南亚社会是更为普遍的形态。他认为，公开的反抗更易招致迅速而残酷的镇压，消极的不合作却是可能的，它们可以大量地生成于各个角落，而且几乎是不可战胜的。他描述了底层农民如何以低姿态的反抗进行自卫，如何以持续的普遍的不顺从对抗强大的国家权力，最终扰乱了统治的实施，改变了权力预期的轨道，缩小了国家的统治力量。他写道：“正如成千上万的珊瑚虫杂乱无章地形成的珊瑚礁一样，成千上万的以个体形式出现的不服从与逃避行动构建了其自身的政治或经济屏障。这些反抗没有戏剧性的公开对抗，也不具显著的新闻价值。如果使用比喻的说法，当国家的航船搁浅在这些礁石上时，人们的注意力被典型地吸引到船只失事本身，而不会看到正是这些微不足道的行动的大量聚集才是造成失事的原因。”

斯科特所说的弱者的武器或许不适合极端处境中的犹太人，但一个明确的事实是，极端处境不是一夜之间形成的。纳粹的残暴也有一个试探，进逼，再试探，再进逼的过程，绞索是逐步抽紧的。在这一过程中，合作还是抵抗，抵抗到什么程度，无疑会产生不同的结果。受害者若是毫无抵抗，一味地忍让退缩，便是给加害者以鼓舞，从而加速恶行的推进，有效地协助了恶劣环境的形成。极权统治是通过彻底剥夺被统治者的权利而建立的，纳粹不仅剥夺犹太人的权利，将他们变成非人，也剥夺普通德国人的权利，将他们由公民变成没有个人意志的服从者，国家机器的齿轮和螺丝钉。只不过有了连生命权也被剥夺殆尽的犹太人作为比照，便于那些齿轮和螺丝钉们持有优越感，产生自由的错觉而已。

受害者的权利是一点一点被剥夺的，作为实例，在历史的画面中，我们已经看到犹太人是怎样一步一步放弃，从普通公民沦为毫无权利的受害者。

以色列作家阿哈龙·阿佩菲尔德的《奇迹年代》描述了另一个欧洲犹太家庭的故事，一个知识分子家庭，完全融入主流社会，不认同犹太人，与任何犹太组织都毫不相干。那位父亲坚称自己是个奥地利作家，德语是他的母语，除此之外没有别的语言，犹太身份于他们根本就不存在。他们甚至憎恶犹太人，在谈到某个犹太人的品行时，这位犹太裔的奥地利作家这么说："他们这些犹太人就是这个样子。只有把他们彻底根除才行。"这样的知识分子在欧洲犹太人中不是个别的，他们受过良好的教育，进入社会上层，便竭力摆脱自己受歧视的出身，很少关注贱民的困厄，更不说为其争取权利了。恐怕这也是当灾难步步逼近时，犹太社群基本处于失明和失声状态的一个原因。

另一位犹太知识分子希尔伯格认为：欧洲的犹太人拒绝正视向自己紧逼来的毁灭的现实，没有取一种越来越积极的对应态度。他在那场论争中支持阿伦特的论点。从排犹运动的起始，在还有可能选择的时候，这些受害者选择的对应方式大多是等待和祷告。《大屠杀》中那个犹太家庭也是上层知识分子，作者写道："在 1935 到 1938 这三年里，那把犹太人的生命套住了的绞索在德国继续慢慢地抽紧着。我们没有出国。我的母亲始终认定情况会'好转'的，我的父亲听从了她的话。"

他们就用这样的幻想哄骗自己，支撑越来越坏的生活，并且总能给幻想找到依据。“她深信不疑，希特勒会对我们放松些的。他已得到了奥地利，已得到了捷克斯洛伐克。他还需要什么呢？”他们教导孩子忍受欺辱，放弃自卫，千万不能还手，“咱们必须等待……等待和祷告，不可能长此以往，永远是这样。这对他们有什么好处呢？”他们等待刽子手们自己停下手来。

我们不能谴责不幸的受害者，但我要为自己想，当我们处在相似情景，我们如何保护自己，如何求生。大屠杀中的犹太人以其极端的不幸，把顺从的极端结果呈现出来，让我们看见，而我们日常大量的怯懦顺从是我们看不见的。弱者由于顺从而成为更弱者，强权由于未遭到抵抗而成为无往不胜的神，这是我们不愿陷入的绝境。

阿伦特认为：个体的行动具有根本的政治重要性。斯科特在其《弱者的武器》中以杂乱无章的珊瑚虫来描述个体形式的不服从。不幸犹太人是有组织的，而且很严密，它掌握每一个具有犹太血统的家庭和个人，即使从不涉足犹太教堂，从不往来，即使躲藏在人群里已经难以分辨，它都不会漏掉。《奇迹年代》里面的那个认为犹太身份于自己根本不存在的家庭就这样突然收到拉比的信函，通知他们某日某时到犹太会堂报到。令人惊讶的是他们也就去了。我至今不懂，他们怎么就会去了。然后会堂的门砰然锁起，从那里他们被集体遣送到集中营。

战后，雅斯贝尔斯在讨论德国人罪责的时候说道：“牢门一旦关闭，从内部打破监牢便不再可能。”需要追问的是，“我们是怎么一步一步走到再也无法破门而出的地步？”的确，个人的判断和选择是很困难的。在非常的环境下，只有“非常者”才能作出“正常”的反应。但残酷的事实是，只有“非常者”才有希望生存。

我们不能说犹太人天性中有对秩序的迷信，但失去抵抗意志的人会更依赖秩序和合法性。犹太人委员会明确认为：不论是什么样的秩序，无论什么时候，有秩序总比没秩序要好。本着这样的原则，他们协助加害者在“最终解决”的全程中建立秩序，并且以各种理由将维护这秩序的做法正当化，有效地控制了数以万计的受害者。直至他们已经知道奥斯威辛正在发生什么，而纳粹也并没有命令他们保守秘密的时候，为了“保持平静，防止惊恐”，他们依然自动保守杀人工厂的秘密，一批批拟出名单，将自己的同胞送上去往灭绝营的火车。

一个犹太领袖后来回答“为什么不叫他们逃跑”的质问时说：“他们有什么地方可逃呢？”这本来可以是一个由个人作出判断的问题，他们却以为应该封锁问题代人们判断。那位领袖还有个回答：“那些逃跑的人有一半被抓获并杀死了。”对此阿伦特指出，相比之下，那些没逃的人百分之九十九都被杀害了。事情到了这里，就不再是一个顺从而受害的问题，而是顺从、合作、加害同时受害，受害者加入了极权国家秩序，为全面专政的机器旋紧了最后一颗螺丝钉。

回过头来再看一看华沙。华沙犹太人区囚禁了五十万犹太人，和别的犹太人区一样，纳粹通过犹太人委员会和犹太警察维持日常秩序，尽管生存条件极其恶劣，并且每时每刻与死亡相伴，但犹太人依然维持着他们的学校、医院、剧院、宗教活动，仿佛生活还能够照常进行。1942 年夏开始，纳粹命令华沙犹太人委员会每天交出六千名犹太人，送往杀人工厂，名单由犹太人委员会提供，因为顺利，后来增加到七千。日复一日，运送成为日常生活的一个部分。偶尔有零星的反抗，绝大多数人都默默地去了，他们宁愿相信是送他们去一个“好地方”的谎言，不愿相信可怕的警告。直到剩下五万人的时候，起义发生了。

现在我们知道，起义并非必然发生的，所以能够发生，是因为华沙有一些“非常者”，他们不是英雄主义，只是求生愿望比较强烈的人。在那样极端的环境下，他们竟然能够把武器偷运进来，武装了好几百人。他们手中的枪响了。

终日伛偻的受害者直起腰来，为自己吃惊——“他们逃了。天哪，天哪，他们逃了。我终于见到了。他们也会流血，也会死掉，他们也会害怕——跟咱们一样。”

这些简陋的武器，这些一辈子没摸过武器的人，对抗纳粹的坦克、装甲车、飞机、大炮和数量庞大的军队，并非如鸡蛋撞上城墙那样脆弱，他们抵抗了近一个月，让加害者付出了巨大的代价。我不禁想，假如他们在人数十倍于五万的时候就奋起反抗，假如数百万受害者普遍反抗……那只是一个假想，但我们可以把这个假想留给我们自己。

阿伦特认为：“不断地重新叙述过去，不断地将重述过去融入现今的故事，不断地对过去的重述作再评价、再评估和再建构，这是我们人之为人的本体条件。”人之为人需要认识和检视自己，还需要改变和创造自己的生存条件。极权统治需要把人变成无思想无判断的分子，反抗它便需要个人的思想和判断，基于此阿伦特提供了这样的希望：即使在最黑暗的时代，人类的自由也总是可能的。

2009 年 7 月 20 日

想起瓦尔登湖

梭罗到瓦尔登湖去的时候，所怀的理想，肯定不是我们今日的旅游者所能明白的。他在湖畔森林里伐木，盖一所浸泡了露水气味的粗糙的木屋，然后独自一人在那里，像大自然一样，从容不迫地生活着。

“生活就在这儿。它是一项在很大程度上我还未尝试过的试验。”他说。远离尘嚣的梭罗不是一名隐士，却是生活的一位极深的切入者。像修剪门前的杂草灌木一样，决然刈除日常的繁文缛节，因为他认为，我们的生活几乎已被文明的浮华与琐屑消耗殆尽。他独自一人在阒寂之中种植、垂钓，以自由的姿态行走，考虑云雾、流沙和许许多多内心的事情。“多余的财富只能够买多余的东西”，“我们认识的人很少，我们认识的衣服和裤子却怪多”。于是，他怀着高尚的目标，寻求简朴的生活，简化，再简化，比斯巴达人更简朴的生活方式。他以一种近乎英雄主义的孤身试验，证明人的生存所需其实很少，并企图阻拦文明人迅速滑向奢侈的陷阱。

“每一枝小小的松针都富于同情心地胀大起来，成了我的朋友”。

独居的梭罗经验着最个人化的事实，让安稳地生活在仿造之中的众多生命黯然失色。饮用时间的溪水，向天空垂钓，苍穹的尽头布满鹅卵石般的星星……一个思想着工作着的人总是单独的。他用心灵，大脑，挖掘一条通达生命本源的隧道，就像大自然中一些生灵用口器或肢体挖掘一样。他相信最富足的矿脉就在这里。

梭罗以他的试验为我们留下一册薄薄的《瓦尔登湖》：豆叶和酢浆草，毛蕊花和风信鸡，新屋中第一只蜘蛛，炉火，融雪，创造的激情和纯朴的精神。当我知道从瓦尔登出发介入社会的梭罗成了坚定的废奴主义者，积极帮助黑奴逃亡，并为黑人起义领袖辩护的时候，当我读着他正气凛然的《论公民的不服从》的时候，我相信瓦尔登碧蓝的湖水是热的。

而所有这些，在今日肯定会被人们普遍指责为太极端，因为出生于工业流水线的人们是太标准化了，太适中了。我们冲淡了的血液促使我们趋同，仿造，融合，我们有汪洋一样的理由来溺毙异类。只是我们的诘难并没有给人类文明增添一些什么，倒是分明在损毁着什么。心灵的历史一再证明，表达只能是极端的。正因其极端，浑浊的背景中才可能显现一斑鲜亮的色彩——仅仅一斑，方才如此强烈——标志出人类精神的方位，以至在许多年后，许多年后，当我们为某种精神的事实所激动的时刻，就会想起瓦尔登湖。

1995 年 6 月 14 日

无论星光还是烛光

我孤陋寡闻，非常迟的时候才读到陈善壎老师的文章。2018 年，张鸿编了一个广东散文小辑，在公众号“小众”推出。我在那里读到了陈善壎的散文。大约有十余年了，我的状态相当低迷，感觉相当迟钝，生活是封闭式的，很少翻读当下作家的作品。这几篇散文让我吃了一惊。我向黄金明询问，得知陈善壎有一个集子新近出版，于是上网搜寻，购得陈善壎的书《痛饮流年》。阅读的过程我发觉自己多年的麻木似乎褪去，重又有了痛感，重又体验到震撼和惊喜，仿佛遭遇一个罕见的丰富且明澈的灵魂。我深为愧怍，许多年来，我竟然错过了这般卓异的文字，错过了独立于文坛之外的这般高人。

回想起来，上世纪八十年代我就拜见过陈善壎的夫人郑玲老师，彼此亦有诗集互赠。诗人郑玲是个奇迹，她在诗坛小荷初放便遭遇了二十余年狂风骤雨，重现诗坛时已五十开外。诗歌是年轻人的领地，而郑玲是超越年龄的，她始终葆有少女的纯净和敏感，青年的热忱和激情。她是不老的。身为晚辈的我却很快就老了，离开了诗，在郑玲老师面前自惭形秽。三十年来，郑玲在诗坛如星辰生光，我远远仰望那星光，却没有看见另一个质量巨大的星体，陈善壎隐在她的光芒后面。

《痛饮流年》出版时郑玲老师已经离世。陈善壎将郑玲的一首诗放在首页为序:《爱情从诞生到死亡》——“我们相互给予的 / 是半个世纪短暂的相守”。“我们挣扎在巨大的阴影下 / 通过一连串的失败感到胜利 / 感到的胜利如海市烟云”。“两个互为生命的敌手 / 在争吵中获得力量 / 我把最后的力量使出来 / 激发你的散淡 / 散淡的回忆甘美”。陈善壎在诗后以加注写道:“两个生命的全面融合才可体会这样恰切。”爱情这种奢侈品世间稀有，一对伴侣互为生命，便生成了双倍的生命能量，这大约是诗人不老的谜底。

陈善壎的文章常有一个主要人物郑玲，最为文友称道的是《你这人兽神杂处的地方》。那一段故事堪称传奇，陈善壎的笔力毫不辜负他们的故事，恢宏，诡谲，似密林般幽深，又似涧水般澄澈。这篇作品的写作过程也是一个传奇，六十年代后期，落入灾难而困居深山的郑玲，曾写过一首长诗，名为《你这人兽神杂处的地方》，因为诗人特别珍视，不忍像其他诗作那样亲手焚毁。危难中她把诗藏在他们住所的砖墙缝里，期盼日后取回，然而命运并没有给她这样的安慰。后来她企图重写那诗，但不管如何努力，再找不回当初的感觉。诗遗失了，那是她最好的作品。三十年后，陈善壎返回江永深山去寻找那首不为人知的诗，所获终是遗憾。他写道:

> 或许是不甘心，我还是去“我家”门前默哀般站立好久。那诗已彻底毁灭。我木然地看着那座房子，看着那诗的墓地。有喜欢郑玲的诗的朋友说她的这首诗那首诗是他们喜欢的；在我的心里，他们可能最喜欢的作品已被埋葬。诗的死，在我心中掀起波

澜。灯下创作这首诗的情景在微明中浮动。

这般哀痛和不甘，促使陈善壎动笔写下同一个题目——《你这人兽神杂处的地方》。他不分行，写实寄意诗情饱满。那是他们二人共同的诗，共同的日夜，共同的苦难和财富。他不能任其在风中散失。

郑玲的诗文里也常有一个主要人物陈善壎，有时他没有名字，有时另有其名。譬如《野刺莲》中这一段：

> 和陈萱结识于穷途末路，那时，我刚被释放出来，前路茫茫，一筹莫展，好不容易在职工夜校谋得一个临时教书的工作以维持生计，陈萱也在夜校任课。我早就听说过他的身世，四岁死了父亲，母亲守寡将他和妹妹养大，三人每餐共吃一片腐乳或一碗白菜。他的童年是在漫长的幻想和严格的自学中渡过的，十岁就开始在印刷厂学徒，用妈妈给他买蚕豆的钱去看连环画，从躲在碎纸堆里读辞典入门，自学数学，经过有关方面的考核，达到大学数学本科毕业水平，而且酷爱文学。……我倾听他的谈话，犹如倾听自己的思想，我觉得再没有一个人的气质比他和我更相近的了，年龄上的差别和其他的一切关系也就随之隐没了。

诗人写到自己遭受流放，年轻的知己坚持要求下乡，毅然与其同往，在荒蛮的山野里给她一个家，帮助她建造人的生活。从前我们听过十二月党人的妻子追随蒙难的丈夫去往西伯利亚的故事，然而，男人自毁前程追随妻子共赴苦难，这样的故事委实鲜有听见。

他们相伴半个多世纪。晚年郑玲描摹他们的生活，譬如《诗与丈夫》一文：

我与丈夫的姻缘是诗为媒的，几十年来，他虽然从事其他职业，却渗透了我的文学活动，充当我作品的第一个读者。而我们并非总是“琴瑟和谐”“相敬如宾”的，争争吵吵时或有之。每次，我把定稿给他看，他俨然面临经典，逐字逐句地读，但是，只说一声“好”或者“不好”。我要求他说得系统一些，他一脸肃杀：“普通读者都是这样说的，只有评论家才系统，难道你是为评论家写诗的？你是个真诗人吗？”如此简单粗暴，使我大为光火，推翻椅子，将枕头被盖扔满一地，他反而哈哈大笑：“你没有摔电视机录音机，可见还清醒，醒者能悟！如果你已经培养起你所追求的第一流审美才能，自然就会从‘好’与‘不好’这简单的评语中悟出得失……”一瓢冷水，教我冷静下来，再三修改之后，求他修改，他当真点笔成金，动了三五个字，诗便焕然生辉了。

我一向以为，对一个写作者的了解，单读他的作品就够了，何况这里还有两位作者的互文。然而这回似乎例外。读了《痛饮流年》，我很想去看望一下这位作者，于是请为此书作跋的黄金明帮忙绍介引路，我得以见到我本该在三十年前拜见的陈善壎老师。

交谈必定首先致意郑玲，陈老师郑重说道：“她有诗集送你。”然后双手端出郑玲老师的诗集《让我背负你的忧郁》。我于惊惶中接过，翻开看见扉页上的题字：

筱敏吾友

知你来我好高兴嘱善壎代签此集赠你慰我平生对你的神交

郑玲二〇一八年八月七日

我说不出话来，没有语言能够表达我心里的震颤。两个生命的全面融合，原来是这样在一枝一叶的细微中显现。

谈起我们记忆中的那个年代，陈老师有许多故事，由此延伸到我尚未出生的年代，他有更多故事。在天地翻覆波谲云诡的时代，有故事的人很多，但能讲故事的人很少。大多数人并不理解发生在自己身上的故事。人是脆弱的芦苇，但只有少数人是会思想的芦苇，知道自己在宇宙中的位置，在人类文明发展史中的位置。没有历史感这一束光的照射，人们往往看不到自己的故事，意识不到有故事在自己身上发生。讲故事的人需要透视世事的锐利目光，超拔于常人的记忆力，难以麻醉的痛感，还需要建构能力和个人化的语言。这些陈善壎都具备，而且出色。

他的家族史堪称一部中国现代史，一篇《老娘娘和她的后人》可以为证。剽悍的老娘娘从光绪年间走来，“身处有清而天足”，顶门立户，浪迹四方，教训后人志在天下，“有她喜欢的青年来，不拘长幼，豪饮移时”。“经常应邀与谭嗣同、唐才常、沈荩几个人登岳麓山呼啸”。后人中有随蔡锷举义帜的，“她驾一辆马车拖一副棺材，随护国军进退”，收儿孙的尸骨。“她的后人，像一群荒原上的迷途者，有的朝左走，有的朝右走。”或参与组建共产党，或投效国民党位列要员，或阵亡于抗日战争的长沙会战，或沦为地主遭新社会种种斗争……中国近百年历史往还的重大剧目，总有这家族后人的身影。

我不禁想起《百年孤独》中的老祖母乌苏拉，老娘娘是不死的。她驾风云而来去，为每一名离世的后人送行。她把自己活成一个传奇，把后人的传奇驱使向世界，她在传奇中出没，让传奇不绝繁衍。

陈善壎以区区万余字驾驭了如此浩阔如此纷繁的故事，他穿梭于虚实之间，笔锋峭拔，建构奇绝。结尾时他下了这样一笔：“老娘娘或许还在。她的每一个子孙的命运，不过是她的尝试与探索。我们最终会发现，她不是什么。”

陈善壎的文章我们所见的篇幅均不大，望去是海面的浮冰，待近前去看，却是一座冰山，细读之下，可知露出水面的仅仅是冰山的一角，巨大的山体连同绵延的山脉，都沉默在海水下面。

《我的音乐老师》写的是二十世纪五六十年代的故事。曾经留法的音乐家风采耀目，其作品高雅的在维也纳演奏，通俗的在工人合唱团歌咏，他指挥过庞大的乐团，也谱写过曲目痛斥反动派，歌唱农民翻身。命运跌宕。倏忽之间，备受崇敬的音乐家，沦落为一个出没坟山寻捡尸骨制作人类骨骼标本的酒癫子。这其中自然有悲惨世界的故事，来龙去脉需要繁多的注解。陈善壎在这里却只下了一笔："我一眼认出此人就是曾老师。一点没有惊诧。他落到这步田地我马上有一个解释。"

如此俭省的一笔倒让我惊诧，但我也马上领会了这个解释，并领会了这样一跃而过留白的道理。我们都经历过那个时代，我们已知许多同类的故事。

陈善壎的笔墨能至简如此，浓稠时却又是一番景色。他写到酒癫子酒后在木楼上的动静：

> 果然，约莫晚上9点钟的时候，楼板响起踢踏声。我记起他的烂皮鞋是钉了铁后跟的。这声音开始极轻，有如一只被风浪击得千疮百孔的小船躺在沙滩回忆往事，一圈圈波澜从他内心的深处向空中扩展。踢踏声的节奏慢慢激越，楼板缝里有灰尘落下。……
>
> 节奏变得紧而密的了，逐渐变得狂热、炽烈，变得多情而贪婪。整座楼房都在抖。我全身紧缩，怕一根牵系他生命的弦突然断裂。
>
> 楼板上的节奏越来越疯狂，土地微微颤动。我相信只有入了魔才能这样表现。只有入魔才能把生命倾泻得这样彻底。他是在舞蹈，以一种特别方式寻求自我的解释。此刻，他是一个舞蹈着

的音乐家。一个只有脚功能的舞蹈家在阐释失去旋律的音乐家。他的音乐只留下硬朗节奏，犹如生命只剩下叩击有声的骨头。驼子说，这是他最快活的时候，并不容易碰上他这样快活。

时代的齿轮，把音乐家从音乐中撕开，抛到了贱民之下。为了果腹，他为医学院及大学的生物系制作人类骨骼标本。他携一只麻袋和一把钉耙，揣一个扁酒瓶，潜入开掘的工地，无主的荒坟。他的劳作是沉闷的，他的存在是无声的。然而，无尽的旋律在他体内回荡，他禁不住自己的回忆和梦想。在荒僻之地的木楼上，他以荒诞的方式组建自己的乐队，创造自己生存的希望。这一段描述令人过目不忘：

没有天花板，瓦缝里不时漏出闪电的白光。一个整齐的阵容摆在我面前，那是一群制作精良的人类骨骼标本。它们按照舞台上乐团那样布置。每具标本的颈椎骨上用绸带系了领结。这些标本有站的有坐的。旧钢琴前也坐着一具标本，摆出弹奏的姿势。他摸着它的指骨要我看。

“不够修长，对吗？做粗活的。”

陈善壎的文章时常会出人意料，从天外飞来一笔，骤然将叙述的域限打开。这或许是叙述技巧，但我的感觉是，作者心中有太多故事，汹涌翻沸，随时可能从任何裂隙冲腾而出。还是这篇《我的音乐老师》，篇幅本来不长，作者说着音乐家的故事，忽然荡开写了这样一段：

此后，我去了南门大古道巷的工艺美术厂。谁介绍的记不清楚了，可能是钟叔河。这家街办厂有点意思，是个“藏污纳垢，牛鬼蛇神成堆的地方”。正在天井里做石膏胸像的年轻人，是写

《火烧红莲寺》的平江不肖生向恺元先生的孙子。躲在后院墙角煮骨头的是湖南师范学院生物系讲师郑英铸。做几何教具的陈孝弟是某大学数学老师，他一边工作，一边给姓仇的大学没毕业的年轻右派讲傅立叶级数。旁边小房里埋头钉板板鞋的是鲁迅先生在《记念刘和珍君》一文中提到的“一样沉勇而友爱的张静淑君”。她满脸沧桑，沉默，高贵。钢琴家罗世泽不知做的什么业务，跑上跑下。至于钟叔河夫妇，做的字画装裱。他们裱糊手艺精到。与钟叔河莫逆的朱正戴着高度近视眼镜描图，他是解放后第一本《鲁迅传》作者。

与文中的音乐家相关的自然是那位煮骨头做人类骨骼标本的人，而与我们的记忆相关的远不止此。我看到张静淑君的时候心里别的一跳，因为鲁迅先生的《记念刘和珍君》太熟悉了，先生文中记念的几位女学生何其壮烈——

听说，她，刘和珍君，那时是欣然前往的。自然，请愿而已，稍有人心者，谁也不会料到有这样的罗网。但竟在执政府前中弹了，从背部入，斜穿心肺，已是致命的创伤，只是没有便死。同去的张静淑君想扶起她，中了四弹，其一是手枪，立仆；同去的杨德群君又想去扶起她，也被击，弹从左肩入，穿胸偏右出，也立仆。但她还能坐起来，一个兵在她头部及胸部猛击两棍，于是死掉了。

始终微笑的和蔼的刘和珍君确是死掉了，这是真的，有她自己的尸骸为证；沉勇而友爱的杨德群君也死掉了，有她自己的尸骸为证；只有一样沉勇而友爱的张静淑君还在医院里呻吟。当三个女子从容地转辗于文明人所发明的枪弹的攒射中的时候，这是怎样的一个惊心动魄的伟大呵！中国军人的屠戮妇婴的伟绩，八国联军的惩创学生的武功，不幸全被这几缕血痕抹杀了。

几乎贯穿我的一生，她们都是我所仰望的英雄。我以为她们只存在于鲁迅的时代，然而不幸的是并非如此。身中四弹的张静淑君幸存下来，许多年后，当鲁迅的读者都淡忘了她，是陈善壎讲述了她后续的故事。

写作是一种独白，也是一种回应。陈善壎不在文坛，他不在乎文坛的回应。但浩瀚的时空总有他在乎的灵魂，更重要的是，穿越时空而过往的，还有需要这般质地的文字的人。

《痛饮流年》有一个前言，这是我所见过的最短的作者前言，全文如下：

假如抄袭鲁迅先生的意思，把这集子叫作“坟”是可以的。鲁迅当时造“小小的新坟”的时候，有被“踏成平地”的假设。那是他把“坟”筑在人烟稠密的地方了。我这坟，在深山野岭，人迹罕至。它将被藤萝花草覆盖，在鸟语花香中渐渐隐匿。若有人偶然得到消息来此探幽，那是了无痕迹的了。

面对这样通透的人，许多言辞都是多余的话。但是我依然想要絮叨：人世苍茫，雾霾或暗夜时常降临。怀中或还揣有一点光的人们，无论是星光还是烛光，请举起来，好让友人彼此看见。

2023 年 3 月 6 日

冬日的暖意

读者通过书与著作家相识，是人与人相识的最好方式，无须隔着繁缛的礼节和俗世的面罩，直接就进入内心，人的情感，思想，气质，格调，都呈现在文字之中，很容易辨别相投或相异，找到友朋和知己。隽永的文字可以穿越时空，消除年龄或地域的距离，如同一点灯火，在茫茫夜中等待漂泊的旅人。上世纪 80 年代读到陈实先生翻译的《搏斗》，90 年代又读到她翻译的《隐形的城市》，一个是罗曼·罗兰的作品，一个是卡尔维诺的作品，认识诗人聂鲁达，也借助了她的翻译。我这一代人生长于文化的灾荒年代，少年失学是普遍的经历，大多没有阅读外文原著的能力，唯赖迻译者的劳作，来填补我们窥探外面世界的饥渴。他们不仅是在两种文字之间进行翻译，更是在两种文化之间进行翻译，文字的信达雅固然要紧，还有更要紧的，是他们为我们选择了什么。我们如同住在无窗的屋子，等着一双带有工具的手，给我们凿出一束光，让我们得以望见外面的景色，外面的故事，了解别样的视角，别样的思维方式和审美方式。翻译家是我们的先生，我对他们心怀感念，这是我称陈实女士为先生的原因。

前几年读到陈实先生的诗文集子《当时光老去》，使我得以认识作为创作家的陈实。翻开即是一篇作为代序的散文诗《入冬前后》，写得真好——

> 我在梦里能做许多让自己惊叹的事——在空中飞，与秃鹰交谈，在山巅跳单人探戈，在水底潜泳，穿插于绿海藻红珊瑚之间，唱《欢乐颂》，弹《革命练习曲》——都是入冬之前的事。
>
> 后来，气温降至十四度……十度……梦境变得凌乱，没有完整的章节，没有彩色，没有声音，没有亲切的面孔，却有阴沉的兽进行血腥猎食或被猎食。
>
> 气温跌到四度，我开始记不起梦里发生的事情，忘记为什么哭为什么笑，日月在何处升沉，云如何流，星如何闪，茶为何变凉。忘记今生犹如忘记前世。
>
> 现在，气温在零下……几度？我开始明白，梦就是现实，开始认清生命的终点和起点，知道裂开的心会愈合，指甲头发在人死后会继续生长，并且隐约记起蝴蝶如何在风里恋爱而昙花每于午夜绽开——不去计算距离大寒有多远。

没有标出写作年月，我猜测这是她晚年的作品，其中透达的沧桑感，以及文字的含蓄凝练，是需要相当的岁月磨砺的。第一段的几个短句应该是她青年时代的描摹，“在空中飞”，每个少年人都懂。对她特有的经历或某种无法对话的时代如果稍有了解，也不难明白什么叫“与秃鹰交谈”。以我的阅历，更容易理解“唱《欢乐颂》，弹《革命练习曲》”，却没见过单人探戈，何况是“在山巅”。这个意象让我钦羡。相比她那一辈出生于20年代的人，我这一代晚到三十多年的后生，所遇的时节过于干旱，太缺乏文化的给养了。“后来”——她只用这么一个不动声色的词，便略过死生契阔，世事流变。在仿佛空无的一连串“没有”之中，她特特刻下一笔——“却有阴沉的兽进行血腥猎食或被猎食”。这一笔触到我的记忆，可见共同的记忆是存在的。气温下降，外部世界的气温下降，生命内部的气温也日渐下降，也许间或会有回暖的日子，却毕竟短暂，寒冷如同衰老，日渐潜入，《欢乐颂》渐变为《悲怆》，冬愈来愈严酷，愈来愈深。仿佛是说梦，但梦与非梦总是难以分解，一如她文中所言“梦就是现实”。让我尊敬的是，面对日渐临近的生命终点，她是如此淡定优雅，从容穿行于那些愁惨的事物，却“隐约记起蝴蝶如何在风里恋爱而昙花每于午夜绽开——不去计算距离大寒有多远”。

及至去年陈实先生离世，看到香港《城市文艺》刊出悼念她的特辑，内中几张旧照片很是入眼，即使不看说明文字，也能从多人合影中认出她来，这样秀雅的一个女子，就是我想象中的样子。

不久前结识了黄元女士，她是陈实先生多年的好友、画家黄新波的女儿，于是自然就谈起了陈实先生，得知她正致力于出版陈实先生的文集，蒙她慷慨，我得以看到编好待印的《陈实诗文卷》。

这部书收录的文稿，是陈实先生一生的记录，从40年代的青春时节，到垂暮之季，七十年潮起潮落，风蚀云卷，散失是难免的，能将留存的文稿汇聚成册，已属不易。我作为一个读者，一边读着这些幸存的文字，一边想着散失的可能会是什么，感觉着岁月的叹息。

陈实先生以为自己更适宜做一个译者，对于创作没有什么宏大构筑的野心，她是一个谦卑的写作者，以她的本色低吟。而她的文学起点很高，一生孜孜阅读的都是世界文学的上品，悉心的迻译过程，更使她与世界文学大家的心贴得很近，给予了她良好的素养。她站在山巅，眼底是大世界的帷幕开阖，大时代的风云过往，于是，她即便独自低吟，不经意间也会流出贝多芬式的旋律。

在《美国的第二位桂冠诗人》一文中，她这样写道："魏尔伯相信，通过诗歌而互相沟通的人会愈来愈多，他自己是属于这个日益扩大的圈子的，因此他自称为'诗人公民'，有别于政治意义的公民。""诗人公民"这个说法真好，我想，陈实先生无疑属于"诗人公民"，终其一生生活在诗性的国度里。然而诗人公民会愈来愈多，这只是诗人的理想，现实世界并不那么关顾诗人。许多人在多梦的青春时节怀有诗心，但在生活的反复击打和磨损之下，诗心便粉碎消散，像陈实先生这样，直至暮年还葆有一颗完好如初的诗心，实为罕见。晚年在致友人的书信中，她写道："现在，听说有人提倡读《论语》，读《道德经》，无论动机是什么，目的总不会是救亡，因为读这两种作品或者有助于研究古代学者主张的治国之道（说得难听，是帝王术），却无助于培植文学艺术的创作和欣赏，为什么不提倡读唐宋诗词？因为不符合现代人的功利要求，或者也因为现代人对于'美'（除了符合功利要求的美容）已经没有感觉，又或者已经不需要精神食粮。"比起许多年纪较轻的现代人，她的思维更为年轻，更为现代。她的诗心难以理解，现代人奔波于功利需求，或许真的无暇关顾诗词与审美，却何以对更为古旧的帝王术趋之若鹜？时至二十一世纪，人们竟还在那里寻求捷径，或谋取权力，或顺服于权力，或追逐金钱，或屈膝于金钱。

陈实先生的诗文每从心生，生活的甘辛，心底的波澜，从她笔下细细流出，清澈唯美。她描写友人戴望舒时写道："我有时怀疑他有一半的体重是墨水"。那么她就是山涧溪水，一部文集，从她少女时代蜿蜒去往垂暮之年，时间在那里叮咚流淌，却终是不染俗尘。这样的文字使我想象她大约生活优渥，但黄元女士告诉我，不是那样，她在香港谋生打拼，养育孩子，颇为不易，曾经多年拮据艰困，繁重的劳作与诗也相去很远。生活这些粗糙的部分，她的笔都略过了。有关个人的生活境况，我在她的文集中只看到极简的一笔："我自有记忆以来，小小年纪已懂得向亲友告贷的屈辱。好不容易念完中学，除了不能变卖的家具之外，可说已家徒四壁。"之后再看到的是，她退休以后重新回到文学那里，致力于她心爱的工作，开始了她著译的第二度青春。为了更好地翻译聂鲁达的诗，甚至在五十多岁开始自学西班牙语，而且不久就可以从原著直接翻译西班牙语系的作家诗人了。她半数以上的著译，都是在那个时段完成的。进入二十一世纪，她已是八十高龄了，我还陆续读到她的译作：《拉丁美洲散文诗选》，《洛尔迦的诗》，希梅内斯的《小银和我——安达卢西亚的哀歌》。

文集中的书信部分是她与彭燕郊先生的通信，所谈都是逐译之事，选书，寻书，逐译，查找一个陌生的名称，揣度一个多义的字词。我们作为读者，尽管享用成果，很少知道其中的艰难。更令人慨叹的是，经历那么多的艰难，书译成了，出版却更艰难，一再的周折和延宕，甚至需要自己支付出版费用，稿酬却微乎其微，甚至没有。然而这位老人却年复一年地做着，受益的是我们这些普通读者。

时令入冬，抵御衰老是颇需要勇气的事，更需要超常的毅力和韧性。陈实先生用文学抵御衰老，她对友人说："我设法保持心境不老，办法是不放弃新知识。"对于她，文学不是建功扬名的途径，而是生活的品质。所以她没有功利的拼争，俗世的喧嚣离她很远。她给友人的书信写道："离群索居是我的选择。我最不善于处理人际关系，只能用自己的方式工作。多少人受盛名之累，名气愈大，压力也愈大，倒不如我这样籍籍无闻反能挑自己喜欢做的事去做，否则变成人在江湖，身不由己了。"她用文学给自己造一所小屋，妥帖地安放自己，恬淡，从容，优雅，因为她内心富足。

陈实先生诗云:“听风听雨，观心观世，雁过无声。”
她留下的文字，给予我的是冬日里的暖意，我敬重并且感激。

2014 年 11 月 10 日

自己的时空

作家、翻译家陈实逝世十周年，香港《城市文艺》要做一个纪念专辑，黄元大姐多年来为收集整理和出版陈实作品尽心竭力，她打来电话，希望我为专辑写点什么。通话的过程我在心里点数，不禁慨叹，时间的箭矢穿过一个世纪，陈实的朋友，那些熟悉她，有资格回忆和纪念她的人，都远去了。那一代人远去了，带着一个时代远去了。现在能够纪念她的，只剩下少许几个隔着时空遥望她的人。

1921 年陈实生于广州，三十多年后我才在广州出世，也许我走过她熟悉的街道，但并未有幸遇见。1945 年她到了香港，其时我的父母也到了香港，母亲年轻时在一家书店做过店员，或许她们有可能遇见。但这些都无关紧要。通常人们认为我们所在的世界是一个共同的时空，人们在共同的时空中的所为与交往，便是现实或历史。然而人们之中也另类，他们另有观世界的方式，他们认为世界有多个时空，或交错，或相抵，或因某种难以解释的力而缠绕，隔断，嵌套，分离。不同的时空有不同的现实，不同的思维和认知方式。处于某一时空的人或许也正彳亍在另一时空，两个握手寒暄的人，可能却是处在不同时空中的人，是否相遇只能各自定义。

陈实自有另一个时空，这个时空是由文学建构的。我是她的读者，经由她的文字进入她的时空，犹如寂寥的夜路上举头望见一点星光，正因为不可及的遥远，方可能遐想她的故事。

经由文字而认识的陈实是个独立而静雅的女子。她一岁多失去了父亲，母亲独自抚养她，虽有门户颇高的父系大家族和数位同父异母的兄姊，但因为没有往来，她年少时几乎都不认识他们。晚年她与黄元谈自己的从前，黄元问：你爸爸那么早离世，妈妈有没有对你谈及你爸爸呢？她的回答只有一句："她不喜欢讲话。"由此可以想象母女生活的凄清。她自幼便目睹母亲变卖首饰和家具以维持生计，听从母亲之命去向亲友告贷，忍受冷眼和屈辱。在这般困厄中她念完中学，便去教书养活自己和母亲。她冰雪聪明，有相当强的自学能力，掌握了英日两种外语，培育了良好的音乐素养。生活造就了她柔韧的个性，她没有在凄风中倒伏，而是在孤寂中摸索着向光和热靠近。日本侵华战争改变了那一代所有人的生活，她流亡到广西，在那里应聘进入了盟军的"英军服务团"，担任英文和日文翻译，之后又调至"英国东南亚盟军心理作战部"，从事对日的反战宣传工作。直至战争结束，她随团去往香港。

其时的香港文化人云集，为了摆脱蒋管区的严苛控制，文化人陆续南来香港，寻找创作的自由空间。她结识了戴望舒、黄新波等许多朋友，与他们共同组建了同人艺术团体"人间书屋""人间画会"，她的文学翻译和写作由此开始。这是她的青春时节，青春所应有的一切都从天而降，从心底涌出，诗，音乐，绘画，热情，梦想，友情……她在孤寂和迷茫中的寻找终于有了应答，篝火点燃了，年轻的诗人和艺术家们在光和热中相互激励，彼此靠近。在一众青年之中，陈实这位女子特别有担当，她将自己的寓所作为“人间书屋”“人间画会”的注册地址，在“人间书屋”的法人一栏填写上自己的名字。她已经将文学和友情视为家园了，她的视界豁然开阔，艺术天赋迅速抽芽生长。“人间书屋”出版了她的译作《造物者悲多汶》，报刊在陆续发表她的作品。

这个青春时节用数字统计只有短短几年，但对陈实的一生是决定性的。她找到了她的精神家园，也找到了她自己。相比起世间大多数随波逐流劳碌一生而丢失了自己的人们，她是幸运的，她找到了自己的立足点，安顿了自己，成为了自己。

然而命运并没有那么慈悲，它同时出重拳打击她，她不幸罹患了当时无药可治的肺结核病，在如此短暂的青春中有大半年被困在病床上，在希望的篝火旁独自吞咽着绝望，在扬花的季节默默面对死神。生病，何况是重病绝症，一般的女作家总会用文字细细咀嚼，而她对此留下的文字极少，稍有涉及的都是记录此时朋友的关怀和帮助。我不知道她是怎么挣脱病魔的，我猜测她靠的是已经点燃的青春不可估量之热力，还有上天赋予她的柔韧不屈的秉性。

1949 年是历史的一个转折，她的朋友纷纷离港北去，“人间书屋”和“人间画会”也随他们北去，独有她留在香港。仿佛青春的篝火晚会散了，她目送一个又一个朋友远行，剩下自己留在原地，独对渐渐熄灭的火星。

她从梦想的时空移向现实的时空，谋生打拼，养育孩子。现实生活粗糙严酷，很容易吞噬掉青春的梦想，作为作家和翻译家的陈实似乎也被沉重的生活淹没。然而这位女性的柔韧超乎常人的想象，她只是把属于自己的时空折叠起来，收藏在生命的深处，无人知晓。直到她退休之年，生活的负重减轻，她又回到自己的时空。

她的时空是用文学和音乐构筑的，这个时空跨越地域，没有年龄，她与她心爱的书和唱碟生活在一起。看一个人所交的朋友，便知道他是什么样的人。看陈实拣选并翻译的诗人和作家，便映照出她人格的立面。聂鲁达，洛尔迦，佩索阿，希梅内斯，卡尔维诺……这些遥远国度里的文学精灵，是在陈实的时空中与她相伴的友人。

她十分热爱聂鲁达，为了能直接准确地读聂鲁达的诗，而不仅是通过英译去读，她在五十多岁的时候竟然开始自学西班牙语，不久便能直接由西班牙原文翻译聂鲁达的诗。聂鲁达的激情唤醒了她的青春，在她的时空点燃了篝火，源源不断地赋予她生命的热情。

她认识洛尔迦，是因为戴望舒的译介，也因为聂鲁达为这位年轻诗人写下了感情浓烈的悼诗。年轻的洛尔迦为自由而牺牲，戴望舒领她走入文学翻译之路，却在盛年之时离世。她引洛尔迦的话说："在所有的国家里，死亡是终结。它一来，百叶帘就闭上。西班牙可不是这样。在西班牙，百叶帘会拉开。"她在一盏灯一个人的寂寞之夜，孜孜于翻译洛尔迦，是接续亡友的工作，是对亡友的怀念。她年复一年做这工作，犹如与亡友相见对谈。直到戴望舒去世半个多世纪之后，她终于看到了《洛尔迦的诗》出版。其时年届九旬的她需要用放大镜才能看见书上的字了。她看到封面上印着"戴望舒　陈实　译"，心中的百感无人可以体会。

希梅内斯先天体弱多病，不能适应城市的生活，在城市短暂驻足便回了故乡。他不爱热闹，没有什么社交活动，跟他长期做伴的是一头银白色的小毛驴，他们一起散步，读书，他给小毛驴念诗，讲童年故事。他的名著《小银和我——安达卢西亚的哀歌》便是这样写下的。陈实的体质和气质与希梅内斯相似，或是她喜爱并翻译他的重要原因。她有一文描写她所居住的香港石澳岛："从滩的一端走到另一端，慢慢走，大约要二十分钟。一个人，脱去鞋子，在清凉的、柔软的沙上印出一个个脚印，让它们被潮水抹平，印出来，抹平……周围一片宁静，海阔，天空，整个世界是你的，你还需要什么呢？”与希梅内斯做伴的有小毛驴，与陈实做伴的有灵魂的密友，其中包括希梅内斯。

陈实介绍佩索阿时写道：“五岁丧父后，幼弟又于次年夭折，孤独使他创造想象的友伴，这种特殊行为一直持续到他去世。”佩索阿在不同时期的作品中有数十个不同的署名，其中一些并不是笔名，而是他创造的“异名的我”，他们各有不同的身世和个性。这是他给自己制作的多个分身，让他们在想象中相遇，交谈，一同散步，分别写作同一部书的不同章节，使他独自一人的世界异彩纷呈。佩索阿的《不安之书》有一篇名为《想象的旅行》：“在面向无垠的第四层楼房间里，在夜幕下垂的亲密感觉里，在望见星星逐渐闪现的窗前，我的梦——配合着可见的远方的节奏——跟旅行有关，旅行到未知的、想象的或完全不可能的国度。”陈实必定熟悉这样的旅行，她翻译佩索阿，便是踏上友伴相约的旅行。我通过她的翻译看见佩索阿，通过佩索阿的描述，又感觉到陈实的气息和身影。

陈实的创作和译作，有古典的静雅，又有现代的灵动。我时常惊讶，她何以如此先锋，我们刚刚接触非常新奇的现代性思维和审美，何以早早就在一位前辈老者那里栽种下并开出花来？多年后我才明白，世界文学的现代性在二十世纪初已经生成绽放，那时候的年轻人已经是迥异于从前的现代人。而我辈出生的国度落在开放世界之外，思维和审美还在老旧的壳中。陈实生活的城市属于现代世界，加之她终身学习，因此得以与世界同步。她是现代人，作为晚辈的我却不幸还是前现代人。陈实这样的翻译家们，是引我们趋向现代的灯。

二十世纪七十年代退休后的陈实生活在自己的时空之中。她的时空重要的支柱是书店，她日常的去处是香港最大的英文书店，她在那里徜徉，看书，选出三两本，然后到楼下的咖啡店找一个角落坐下，看新买的书。那个所在十分安静，她进入书中，不觉就一天过去。这是她想要的生活，她称为叹世界。她享受着世界的辽阔和文明的馈赠。

陈实的译作和创作，大部分是在这一时段开始并完成的。对她来说，退休不是逐步退出社会，而是进入更为辽阔的世界，做自己喜爱的工作。她认为："除了长度之外，生命还该顾及阔度。""对我来说，生活的主要内容是工作，无论有没有人欣赏，活着就得工作，这是无法改变的。"直到暮年，身体越来越弱，一天只能工作一二小时，她仍不放弃。她给友人的信中写道："如今日常生活的范围愈缩愈小，并且有意识地尽量减少人与人的接触，但在精神生活方面却仍然想扩大，还想研究近代美国文学呢。"

她翻译卡尔维诺，对其时空观颇为着迷：除了我们生活的这个世界，还存在着另一个世界。不但空间没有没有固定界限，时间也没有固定方向，可以迂回反复，因此一个人可以同时在两个地方出现，也可以同时体验两个不同的时代。对于陈实来说，生活区域的界定是无效的，年龄的数字也是无效的。

陈实一生眷恋精神家园，寻求灵魂丰盛。她到另一个时空旅行去了，把她的作品留给了我们。

2023 年 11 月 12 日

世居广州

1955 年我在广州出生，之后便居住广州，至今六十多年，一天也没有迁出过，我以为也算得上老广州了。

前两年偶与一位老先生同席，老先生见我自称广州人，便改用广州话亲切问我，自小是在哪一片长大的。我回答道，我出生时家在同乐路，后来搬到中山六路，后来是东皋大道，后来是区庄。答案越长我越觉得心虚。老先生神色似有狐疑，想必他已经明白我这个广州人的成色，我在广州是没有祖屋的，和他不一样，并非世居广州。

大约由于没有祖屋，也就少了故园的情结。居所都是临时性的，一再的搬迁成了生活的基本形式，犹如一株栽在盆里的植物，从一个盆移到另一个盆，提起根已经难堪，更不能提土地。所谓本土，没有寸土的我可是从何说起。世居的老广州则不然，譬如老友杨君。

称杨君为老友是因为青年时代就认识，到了中年又成为同事，有些年头住在单位宿舍，再成为邻居。那时我们住的是文德路，一座临建的房子，一层的食堂上面加建了两层，后来在顶上又加了第四层，我住二楼，杨君住四楼。我喜欢这个房子，因为我有了落脚的地方，孩子有了上学的地方，广州几家主要的书店都在附近，逛起来也很方便。对杨君来说事情可就不那么简单，他是属于这块地的，简直要说水之于鱼，简直要说自古以来。我是经由他的讲解，才知道文德路一带古时候是一个半岛，名为番山，位于古广州的中轴线上，是正宗的广州城区中心，建城悠悠两千年未变，而这样中心不移的城市，满世界只有三座：罗马，亚历山大，广州。他笔下有源源不绝的广州故事，这是他的故园和归宿。

九十年代后期，单位要在天河建新房子，我和同事跑了很长很曲折的路去看天河。我们看到的是大片西洋菜田，赤足插入水中弓腰劳作的农人。在茫茫水田上想象我们将来的居所有些难度，田间错落着一些装置，几根木柱支一块石棉瓦，勉强像小屋顶。多见者说，那该是听闻风声的农人的急就之作，或许征地时可做地面建筑计算，这是土地最后一季可能期待的收获。房子建成已经是世纪末了，同事见面总会谈论分房子，热闹之中难掩喜色。唯独一人在热闹之外，便是杨君。一问起来他满面愁苦，原来他万分畏惧迁往天河，他正为如何能留在文德路的旧房子里费尽心思。难道他不知这是最后一次福利房，以后再不会有了吗。他说知道，但他不能离开广州，而天河已经不是广州了。这样的认知我以为匪夷所思，真正的老广州果然是不同的。

细想起来，人的恐惧或许总有些因由，杨君的故事我约莫知道一点。

杨君是世居的广州人，曾有一个聚族而居的大家庭，自然也是有祖屋的。他家几代经营药材行，其父便是家族药材行里的职员。1949年换了天地之后，私有财产与执政的主义相违，都会遭到公有制的逐步铲除消化，杨家的药材行当然不能例外。这个消化过程是杨君私有的故事，旁人可以借助于史料和想象，总之不久，药材行便不姓杨了，杨父变成公有的药材公司的干部。1957 年大鸣大放，杨父对药材的统购统销政策提了一点意见，于是成为右派，被下放到农场改造，杨家的祖屋还没来得及消化，杨母和子女仍在那里维持家庭。然后，1966 年来了，红卫兵来抄家，杨君最为心痛的损失，是祖孙三代的藏书。但对杨家来说，更可怕的是 1970 年来了。那一年全国上下呼喊准备打仗，从北到南都忙着挖防空洞，与各个城市一样，广州市搞了一次“战备疏散人口运动”，把所谓有问题的人连同他们的家属子女强迁出广州，移送到边远山区落户，那一次全广州迁走了 13 万人，杨家便在这 13 万人当中。

杨君的小妹妹十来岁，正在天井里跳格子。几十年后她还记得杨君如何冲她喊：大难临头了，还跳，跳，跳……

捆绑行李，给床板等物写上自家姓名，迁出户口……一切疾速得好似风扫落叶。一辆货车，家具行李往车厢前部装叠，行李后面排几张木凳，坐人。车头三个座位，分别坐的是司机，公安，街道干部。车在山路上颠簸两天，将他们带到距离广州 480 公里的蕉岭。和那时众多的知青下乡性质大不同，没有纸做的红花，政治的标记全是黑的。年节时分，知青还可以回城看看家和家人，而他们在广州已经没有家和家人。

蕉岭是广东省内最穷困的山区，全劳力一天十个工分，约等于二至三毛钱。杨君腿脚有疾，只能得五六个工分。为了养活自己，出工以外，他养鸡养鸭养兔，每天忙着烧火煮饭，割草喂兔子，拿一个布网找遍大小粪坑捞粪蛆喂鸭子。逢到墟日，杨君便携上自己的一点成果去换几个钱。县城巴掌大小，只一条街，有一间茶室，名“工农兵茶室”，杨君必定踅往，希望遇见同期被疏散到此地的广州人，交换一点广州的消息，猜测一下政策的风向，这是他与广州仅有的维系。

后来我们知道仗是没有开打，城里大大小小的防空洞也没有派上什么用场，多年以后，人们想方设法处理这些闲置物，如今老城区的某些地铁口，进入以后有些不明所以的弯道，延伸出不少让我迷路的地下商街，便是物尽其用的例子。

1974 年有了一些松动，允许杨母带杨君及小妹妹回广州，但杨父不允许。杨君回到朝思暮想的广州，重又走在了广州的街上。其时杨家祖屋或许已经被消化完毕，迁不回去了，经过一段在亲戚朋友处轮流寄居的生活，他随母亲住进禺山路的一座宿舍楼里，成了失去祖屋的广州人。到了 1978 年，开始右派摘帽，杨父终于得以摘掉那顶帽子，获允许迁回广州。听闻消息他激动不已，连夜给广州的妻子写信。他写着信，太兴奋了，不知是心脏不能承受，还是大脑的某根血管不能承受，他倒在地上。天亮后有人通过窗子看见他，他已经僵硬了。杨母收到电报赶往蕉岭，打开他们一家曾居住的屋子，才看到桌上那纸没写完的信。杨父这位世居的广州人，化为骨灰也终于在除夕的爆竹声中回到了广州。

杨君万翔是作家，大半辈子写广州的故事，著有长篇小说《镇海楼》，文化随笔集《羊城旧事》《广州轶闻》。还有一部长篇小说，是写广州历史上的庚寅之劫。明末的广州不肯归顺满清，对清军殊死抵抗，致使清军围城达十月之久，城破之后，清军屠城十日，屠戮无分男女老幼，死难达 70 万之众。这段痛史，今天广州大约没有几个人知晓了。杨君的小说叙述其时广州人浴血奋战的悲壮故事，书名可能叫《危城六十日》，已经写了不少篇幅，可惜未能完成。更可惜的是，他自身有太多的故事，却没有写写自己的故事。

新世纪来了。我如愿搬进天河的新房子，杨君如愿得到文德路的旧房子。新世纪的广州有很多雄心，其中之一便是画出了城市新的中轴，新中轴颇有新世纪的傲慢，满不在乎就把古老的旧城撇在一边。广州不再是建城以后中心从未移动的城市了，它离开了杨君的考证。

我的窗外所见是楼宇的密林，西洋菜田无影无踪，走在那些名字时新的路上，没有人会相信这曾经是水田的田埂，逛书店虽然不如从前方便，稍有不适之后，我已改去网上书店。文德路的老榕荫一如从前浓密，杨君安居于广州的历史深处，依然潜心写他的广州故事，端午的龙舟水每年依然越过珠江堤岸，让沿江一带记起海，波抵文德路南端。他送给我的《羊城旧事》扉页上题有两个句子："沧海一声笑，滔滔两岸潮"。与他的心境恰好。我不在乎它们的出处。

《广州轶闻》出版于2010年，其时杨君已经患病。内中有一篇《大北火车站与广州回族人》。读此文我才知道，从前的广州北郊是传统的回族坟场，从流花河畔到桂花岗好大一片。1955年为了兴建中苏友好大厦，开始动迁坟场，后来兴建广州火车站，又有了第二轮动迁。杨家是回族，杨君少时常随家长在这里"走坟"，目睹了那些年北郊的迁坟与建设。现在那里早已不是北郊了。既要动迁，总需要安置，当年经过协商，政府将更北的一片地划为回族坟场，位于新市。如今杨君就安葬在那里。

2018年1月21日

清明，雨

今年的清明下的是豪雨，雨水一天连着一天，耽搁了我们去看望父母。没来由查了一下，知道清明的节期是个可以抻长的时段，十日前十日后都算。记得母亲健在的时候，有一年因为我们一天一天约不齐看望父亲的时间，她着急，说再迟就见不到了，鬼门关就要关了。她相信这个时节是两个世界连通的时节，父亲会走到关口等候我们。现在我也相信父母亲在等。

近晚时接到大姐一个电话，信号好像隔着雨水：中表哥走了。我说：什么？她说：昨天突然走的，今天办事，我已经去过了。

这时我明白了“走”是什么意思。

大姐显然手里忙着事情，话尽量地短，知道的是他昨天早上还好好的，从凤岗自己开车到清溪，午间歇在清溪，就歇过去了，原因是猝死。我没有怀疑这样的原因，毕竟这些年里，我已经接受了许多我所不理解的死因。

放下电话我走出阳台收衣服，下了一整天雨，衣服尽是冷的湿气。

从凤岗到清溪的路也在雨水之中吧。因为中表哥，我很早就熟悉了这两个地名，但连接它们的路我只能靠想象。中表哥开车走在那条路上，雨刷帮他抹开扑面而来的雨，他开上自己的车了，那条路和他年轻的时候肯定很不一样。想起四十年前，他从学校毕业分配到清溪，我就是那时候知道了清溪，那时候清溪的路上没几辆汽车，过往的多是手扶拖拉机和自行车，中表哥多么想有一辆自行车。

上世纪 70 年代买一辆自行车不是容易的事，不仅要俭省着把钱攒下来，还得有自行车票，而这个票不像粮票那样定额配给，它分配的途径不可捉摸，很神秘。有一次母亲工作的单位里分得了一张，单位的人们无法均分，便用了抓阄的办法，竟然让母亲得了。母亲一时兴奋过度，立马把那张票邮寄给中表哥。她把自行车票封装在信封里，托一位去邮局的同事代寄挂号，不料同事走在路上把信封掉了。记得母亲当时跟我诉说这件事的时候几乎哭出来：他说大姐，我不小心把你的信掉了，你再写过一封吧。我可怎么再写一封啊！我也急得不行，忍不住说：寄什么寄，写封信告诉他马上出来买车就好了，他拿到票不也是要出广州才能买到车吗，还要寄？其实我也明白母亲的心事，她就是想让中表哥早一刻看到那张票好早一刻高兴。

母亲对她娘家的几个侄子多少有些偏心，我揣摸这可能因为她只有女儿没有儿子，但更明显的原因是他们生在农村，生活远比我们生在城里的艰困，前景也远为暗淡。中表哥在 60 年代考进了中专，从而变身城镇人口，这是给乡下的家庭点亮希望的大事情。中表哥求上进，写信也勤，他寄过来的信封上称我母亲“女士”而不是“同志”，当时我看着还怪不习惯，觉得是旧时代的陈味，没承想若干年后时间淘汰掉的倒是所向披靡的新词。

幸运的是那张自行车票到底还是寄到了中表哥手里。一个路人捡到了那个信封，便把它投入了邮筒，这是信封的一角多出的两行陌生字体告诉我们的。中表哥收到了这封欠邮资的平信。那天晚上中表哥突然出现在我们家并掏出这个信封，当时母亲和他的惊喜就像印在我记忆里的一幕黑白电影。

母亲不会想到若干年后中表哥的自行车会换成小汽车，他自己怕是也不会想到，在那个标榜伟大理想的年代，其实个人是最没有想象力的。时光的流变如风和逝水，他也从青年人变成了中年人，依乡下人的标准，六十以上的年龄已经是老年人了，但中表哥不在这个标准之内，他显然没老，他还没来得及完成这个转变。他把车停在清溪的一个楼下，这里有他的青葱岁月，他关上车门转身走了。这个世界与那个世界的边界很不确定，有的人在边界地带徘徊经年，有的人一步滑过去只需要几分钟。

人生无常这种老话，我年轻的时候听到了根本不屑于搭腔，现在是没词可答，只余下慨叹。

一个月前刚刚目送朋友杨君下葬，相识三十多年，我没有想过这样的结尾。刚过去的冬天冷的时间不长，是少有的暖冬，他已经撑过了冬天，进入了三月的门槛，不想在万物苏生的春天死神还是追了上来。杨君自幼经历了过多苦难，以致我似乎没有见过青年杨君，其实屈指算算，我认识他的时候他不过二十八九，由于社会阅历相差太远，我恍惚把他归入上一代人。我至今记得他的惊讶：你不知道泰戈尔？泰戈尔啊？我很想说我知道，但我的确一无所知。泰戈尔的那句诗便是他告诉我的：生如夏花之绚丽，死如秋叶之静美。他像先生考学生，问我以为诗人是先看见生死而联想到夏花秋叶还是相反。那时我以为是相反，生和死那么抽象，像是不大容易看见。

杨君一生颇为坎坷，他与他的家庭的遭遇，也就是我们置身的时代浓缩的具象的历史，他有足够好的把握历史能力和文字表现能力，完全能够写成一部有分量的好书，我总想说动他写这部书。早几年说得高兴，他曾给过我一句回复：心血来潮时可以写点无系统的不连贯的追忆性小随笔，发表也好，不发表也好，积累多了，便有似爱伦堡的《人·岁月·生活》。然而之后没看见动静。晚近几年他生活孤寂，人也消沉，我更是一再说起我想象中的这部著作的价值，劝他打起精神做事，不要辜负了自己。现在回想起来，他再没有接过这个话题，我得到的回复只是沉默。生如夏花之绚丽，是青春必有的梦想，即使遭逢的季节很坏，接连不断的旱灾洪灾风灾雹灾。早年他说起自己的坎坷，还颇有些豪气，自比一名不坏的选手，尽管多次被命运打击倒地，但每一次没等裁判数到十，总是能从地上再爬起来。

这些年杨君和我多是通过电脑说话，他跟我说到"无比复杂"的西域历史，"维吾尔"这三字族名的由来。彼得留拉。高尔察克。卡里斯马、圣诞和原初的耶稣。可惜他笔底纠结的古广州故事，我就是提不起多少兴趣。

我们最初的往来是因为借书还书，几十年循环，又回到灰皮书时代，通过互联网互通有无，分享意外的捕获。我说，好书真的不少，看不过来也很焦虑。杨君说，我不仅仅焦虑，我老了，大量好书搁在书架上还没看，而人生无常，这很可能会让我抱憾终生。这种话题一发就可能造成危险的后果，我赶紧刹住。而杨君一时刹不住，他说：我的藏书自己看过的大约不过百分之五，而电脑里的收藏同样数量巨大，我看过的大约也不过百分之五。古往今来，藏书的命运大抵凄惨，郁达夫的巨量藏书，随他而漂泊，流散在日本、北京、上海、南洋，抗战之后，有心人不时就可以在北京的旧书摊上以廉价买到盖有郁达夫印章的旧书。再想想旧时士大夫辈的著名藏书楼，哪座保存得下来？我祖父、父亲的藏书，早在1966年已荡然无存了！如今我孤寂如此，遑论我的藏书？

另一个危险的话题是谈及早年的旧友，某年走了一个，某年又走了一个。杨君控制不住唏嘘，我便阻止他：到了现在我们都应该是现实主义者，何不试试给自己做个好菜。其实也是阻止我自己。而更多的失落是思想的隔膜和精神的离散。有一次杨君说起交谈之难，不禁言出愤恨。我深以为然。于是想起一个不知出处的句子：故人笑比中庭树，一日秋风一日疏。我以为这个疏也有思想上疏远的意思。

几个月前在网上看了朋友推荐的影片《契卡》，心里平复不下，随手给杨君发去一句，问他有没有兴趣看看《契卡》，他回复说极有兴趣看。同一信他还说到：我患的疾病是肝癌，这已确诊无疑，但我觉得很奇怪——为何并不感觉太难受（我当然不想难受）？在肿瘤科，我目睹不少病人是痛不欲生的。当时我就反悔，明白不该再给他看见血腥。这是我们最后一次通信。

几年来杨君数度在网上消失，或因为身体，或因为心情，或因为电脑故障，有时数月悄无声息，却总会有一天又冒出来。我习惯了打开信箱见到杨君，现在改变一个习惯不太容易，总觉得哪天杨君还会冒出来，不知需要多久我能够习惯杨君再不出现。

早些年死神在较远处徘徊，偶尔潜到附近偷袭一下，现在是越来越频密地在我们的近旁出没。需要把我们的灯都亮起来，以驱散它的影子。清明有一个习俗是放风筝，这是因为此时地气升发，上升的气流容易把风筝吹送起来，春天的风到底和秋冬的风有质的不同。人们会给风筝挂上小灯笼，这是让弥合的夜色有星点火光，以阻挡夜色完全合拢。

苇岸曾计划以一年的观察书写廿四节气，他笔下的清明是这样：“整个田野幽晦，氤氲、迷蒙，千米以外即不见景物，呈现出一种比夜更令人可怖的阴森气氛。麦田除了三两个俯身寻觅野菜的镇里居民外，没有劳作的农民。渲染着这种气氛的，是隐在远处的一只鸟不时发出的‘噢、噢、噢’单调鸣叫。它的每声鸣叫都拉得很长，似乎真是从冥界传来的……”清明的下一个节气是谷雨，他刚写到谷雨就中断了。他那么年轻。

而这个时节草木柔长，新茶已经上市。早稻插秧，小麦拔节，玉米棉花正要播种。

2013 年 4 月 10 日

我是我自己的深渊

写作者大抵敏感而且内心丰富，即便如此，他们还是有不同类型的区分。我以为大约可以区分为两种类型，一种写作是可以在体外循环的，作者从外部攫取材料，使用技艺裁剪编织。这种写作当然是脑力活，同时也是个体力活，只要技艺娴熟并且勤快，便可以有源源不断的产出。这种循环系统由于有外部世界做支点，是比较容易建立和维持平衡的。由于作者迎面社会，便也容易融入社会，获得读者。

另一种写作是来自个人的内部世界，它的支撑点比较玄，是个人内心的沸腾。相对于体外循环式的写作，它却并非体内循环，因为这种写作连循环也没有。它的基本形态是喷发或者燃烧。写作者的燃料来自个人的内部，如同火山体内的熔岩，如同野树自身生长的枝丫经年累月而聚成柴薪。这种写作甚至不是脑力活，它根本是一种生命的形态，而且是失衡的形态。这样的写作者大多是年轻的诗人，他们内心沸腾，燃烧，如此喷涌而出的炽热和光焰，便是他们的作品。年轻，血热，是天然的非平衡态。其中有一些假以岁月，能逐渐找到路，到达一个平衡系统，过渡到相对稳定的中年。有一些却终究无法去往平衡，就把自己烧尽完事。这样的实例很多，拜伦、雪莱、诺瓦利斯、荷尔德林、兰波、波德莱尔、索德格朗……他们不约而同选择诗这种表达方式，可能是由于诗的样态可以最大限度地接近喷发和燃烧的样态。尼采名为哲学家，却终究无法写作规整的学术论文，无法把他的沸腾镶入平衡的结构之中，卡夫卡也不可能像正常的说书人那样布置他的故事，他们自身是个失衡的形态，作品也是失衡的形态，他们控制不了自己的沸腾，这是没有办法的事。

到了这种境地，写作就是生命自身的需要，与世俗的功利相去很远了。这种写作者大抵能够自成一个世界，他是富足的，有其自身的生活态度，有其自身的美学标准。如果把大多数人所委身的社会时尚称为现实的话，他们则是格格不入，其燃烧的喜悦旁人也难以理解。

这样一种生命类型并非仅存在于过去，仅存在于我们假想和缅怀的文学的黄金时代，其实在每一代人中都会有，即使数目很少。他们是自在的，不劳时代造就，任何时代都可能有这种生命出生。不同的是，在一个崇尚精神创造的时代，人们容易看见他们，甚或模拟他们，而在一个崇尚物质消费的时代，人们容易忽略他们，甚或踩踏他们。

读到诗人寒烟的《月亮向西》，我就想起这种写作者。待起初的惊喜略为平缓，我再次确认，这位诗人正是这样一种数量稀少的生命类型。

寒烟的诗每一首都呈现一种燃烧的形态，更准确一点说，每一首就是一场燃烧。她不是维苏威火山，她没有那样庞大的体量，她是弱小的，然而是炽烈的，极具穿透力的。她的燃料无疑来自她的内部世界，从她发出的光焰可以猜想，她内心的沸点不低于火山的熔岩。

我无意解析寒烟的诗，燃烧是无法解析的，你看到一簇火苗，一道光焰，眼前一亮，心有所动，不禁发一声惊叹，这就是了。能够将一簇火苗固定在试管里慢慢分析吗？这种技术即便存在，跟我也没什么关系。火焰是动态的，一首好诗也是动态的，何况一个好的读者会将自己的性灵加入进去，犹如风加入火焰之中。诗人生成和积聚自己的能量是必然的，确定的，但诗行犹如来去无踪的天火，很不确定，她捕捉到一粒飘忽的火星，并擦燃自己，绽出一朵独异的光焰，是充满偶然性的事情。然而即使诗人已经把她的火焰誊写在纸页上面，读者与诗人的相遇也很玄，在一个喧闹的世界，人和人擦肩而过不是很平常么？你走过她所在的位置，假如你正好困扰于雾霾浓重，你可能会以为那是一盏昏黄的路灯，但假如你心灵里正好起风，你可能就看见飞舞的烈焰。几年前我就是这样错过了寒烟，那是我的损失。

我的冒着浓烟的青春，一路奔逃……

——《灰白的头发》

这种生命类型很难适应以功利构筑起平衡态的世界，她只能一路奔逃，企图逃到她纯粹的精神领地里去。生存是艰难的，孑然无助而又不失尊严的生存更艰难，她也曾尝试向俗世求和，但她发现这需要她牺牲太多，她不能承受，于是她选择掉头而去，割舍。她把物质的需求削到极简。我一向以为充盈的灵魂需要简朴的生活，但寒烟的生活还是超出了我对简朴的理解，可以说已经在贫困线以下了。这有什么办法？她需要排开尘嚣，于极静处聆听自己，获得最大限度的精神生长，她找到了自己的宿命，一如她的诗行所言——“我是我自己的深渊”。(《母亲》)

我敬重那种惜墨如金的写作者，他们对写作抱有敬畏之心。薄薄一册《月亮向西》，是寒烟十几年的诗作，里面没有一页闲篇，也没有敷衍。我们知道需要多么大量的海水，多么长时间的日晒，才能得到少许盐的结晶。但对比写诗，晒盐的收成毕竟是可预期的，确定的，而诗的收成太缥缈了，即使你付出了经年的劳作，稍纵即逝的火种也可能在极近处白白掠过。

时下这个崇尚物质消费的时代，人们更希望靠近安逸，愿意享受可控的暖气片的热度，而逃避具有危险性的火焰。寒烟这样的写作者注定是孤独的。然而，如今连孤独、寂寞都已经成为流行歌的常用词了，用它们来谈论这位诗人毕竟是太轻佻的。

> 我终于明白飘临大地的落叶
> 为何都有被岁月说服的安静表情
> 而那棵举起诀别之手的枞树
> 注定要高出众树
> 高过自身——
>
> ——《秋天的地址》

她慢慢地积聚自己的能量。即便是维苏威火山也是需要积蓄能量的，需要漫长的时间。人们只能看到喷发和燃烧的绚烂光焰，但其积聚能量的过程人们无法看见。

她能燃烧多久？这是一个残酷的问题。她一定知道那个被囚奥斯威辛的女孩子的诗——我一定要节省，虽然我没钱可省，我一定要节省健康和力量，节省我的泪水，忍耐，我的精神之火，这一切上帝的礼物，需要支持我很长很长时间……

生命有限，她不能允许无谓的损耗。愿她珍重。

2013年2月28日